달·비·잠

일 러 두 기

인도어는 같은 단어라도 각 지역의 언어에 따라 발음이 약간씩 다릅니다.
이 책에서는 오리사 주의 오리야어를 기준으로 삼아 발음을 표기했습니다.
단, 한국에서 이미 익숙하게 쓰이고 있는 몇 가지 단어들, 빠하르간즈Paharganj, 짜이Chai,
산스크리트Sanskrit, 시바Shiva, 크리슈나Krishna, 마하바라타Mahabharata, 아르쥬나Arjuna, 브라만Brahmin,
크샤트리아Kshatriya, 바이샤Vaishya, 수드라Sudra는 통상적인 발음 그대로 표기했습니다.

달·비·잠

금빛나 지음

블루닷

나의 친구, 엄마와 아빠와 동생에게

어느 날 문득

어느 날 문득, 알게 되는 것들이 있다.

그것은 언뜻 보면, 찰나적 충동이나 가벼운 낭만적 기질 정도로 비칠지 모른다. 하지만 그것은 내게 의식과 존재를 또 다른 국면으로 이끄는 명쾌한 직관일 때가 많았다. 어느 날 문득 한순간에 주어지지만, 문자 그대로 순수하고 우연한 '한순간'이 만들어낸 것이 아니라, 오랜 세월과 많은 경험과 깊은 내면이 만들어 올린 결정체. 이해하려고 노력해도 알 수 없었거나 특별히 이해해보려 하지도 않았던 그동안의 삶이 쌓이고 섞이고 녹은 후 스스로 아주 말끔하게 정리되어 일상의 한 순간에서 툭 튀어나온, 나 자신에 대한 깨달음.

그것은 늘 삶의 중요한 대목에서 등장했다.

내가 무엇을 하고 있고, 무엇을 원하고 있으며, 왜 거기에 있고, 왜 괴로워하며, 왜 기뻐하고 있는지, 그러니까 그것은 '나는 무엇인가'라는 궁극적인 질문에 대해 길을 안내해주고 있었다.

나는 나를 찾고 싶었다.

내가 나를 잘 모른다는 사실이 나를 진저리치게 만들었다. 답답한 나를 깨뜨리고 싶었다. 나를 발산하고, 나를 표현할, 나만의 방식을 찾고 싶었다. 그 절실함으로 나는 두려움을 몰랐다.

모든 것이 있다면 다 있고, 아무것도 없다면 다 없는, 이 헷갈리는 세상에서 내가 나를 알기 위해 따라간 것은 '어느 날 문득'이었다. 그것이 가장 순수하고, 가장 정열적이며, 가장 날것인 나였기 때문이다.

나는 인도로 떠났다. 인도고전무용 속으로 뛰어들었다. 그리고 조금씩 조금씩 그 누구도 아닌, 나의 팬이 되어갔다.

그러던 어느 날, 깨지는 것을 피하고 드러내는 것을 두려워하는 나의 모습을 보았다. 나는 이미 만들어진 울타리 안에서 점점 가라앉아 가고 있었다. 다시금 몸서리가 쳐졌다. 그때부터 글을 쓰기 시작했다. 인도와 한국의 생활 속에서 마주쳤던 소중한 '어느 날 문득'들을 다시 하나씩 하나씩 꺼내보기 시작했다.

그렇게 나를 되돌아보고, 나를 적고, 나를 읽으며, 나는 다시 생기롭게 시작할 수 있는 마음의 빛을 찾을 수 있었다.

내면의 이야기를 세상에 내놓기까지는 적지 않은 망설임이 있었다. 그러나 '나'에 대해 고민하고 있을 많은 사람들과 '나'를 함께 나누기 위해 용기를 내었다. 우리 각자의 작은 이야기가 서로에게 큰 힘이 될 수 있다고 믿기에…

차례

잠

달

나는
이 세상에 떠다니는 달의 조각이다

그대의 현실인가, 나의 현실인가

매서운 바람이 몰아치던 어느 추운 겨울날. 진주에 계시던 어머니가 서울로 올라오셨다. 모녀는 신촌 로터리의 어느 2층 카페에서 어색하게 마주앉았다. 전화상으로 내가 아무리 태연한 척 숨기려 해도 무언가가 이상했던지 어머니는 나를 직접 만나고 싶어 하셨다.

어느 소설가가 "그대를 사랑하기 전에 내가 겪었던 일들은 모두 전생이었네"[°]라고 고백한 것을 읽은 적이 있다. 그 글을 읽는 순간 내 머릿속에는 종교학이 떠올랐다. 내게 종교학이란, 지금까지의 내 삶을 전

[°] 이외수, 『아불류 시불류』, 해냄, 2010

과 후로 나누는 강렬하고 운명적인 연인과도 같았다.

나는 어머니의 뱃속에서부터 가톨릭인으로 성장해왔다. 가톨릭은 내 중심부에 자리 잡은 삶의 원동력이었다. 그런데 대학에서 복수전공으로 선택한 종교학이 내게 특정 종교를 넘어 '종교성' 또는 '종교인' 자체로 다시 태어나는 내면의 확장을 선물했다. 그것은 세상과 나 자신에 대해 더 크고 더 넓게, 더 원초적이고 더 자유롭게 인식하고 느낄 수 있도록 해준 획기적인 사건이었다. 종교학으로 인해 철부지의 눈이 한 번 열리기 시작하자 그 뒤를 이어 철학, 역사, 문학, 예술 등의 문도 줄지어 열리게 되었다. 갑작스레 떠져 버린 눈과 마음은 형언할 수 없는 해방감을 맛보았지만 동시에 어지러운 혼돈 속으로 들어갔다. 그때까지 구축해놓았던 나의 세계관과 그 중심부가 흔들리다 못해 뿌리째 뽑혀버렸고 그 자리를 메꿔줄 새로운 세계관과 철학이 바로 들어서지 못한 채 나는 내가 누구인지 알지 못하는, 번지수를 알지 못하는 무중력 속에서 둥둥 떠도는 상태가 되어버렸다.

어떻게 되었든 종교학은 이미 나의 스승이었고, 나의 종교였으며, 나의 사랑이었다. 나는 종교학 없이 살아갈 수 없을 것 같았다. 그러나 활동적인 성향을 가진 내가 평생 책상 앞에 앉아서 학문과 씨름해나갈 수 있을지는 매우 의문스러웠다. 종교학에 대한 열정과 열병 그리고 그에 대한 의문과 머뭇거림 속에서 혼란은 더해만 갔다.

그즈음에 영화 〈까머수뜨러Kama Sutra〉에 나온 인도무용을 보고 한눈에 강하게 반한 적이 있었지만 그 춤의 정체는 도무지 알 길이 없었고, 무작정 인도에 가야 한다는 생각만이 머릿속에서 소용돌이쳤다.

나는 학부를 졸업하면서 동시에 동 대학원의 종교학과에 입학했다. 하지만 내가 누구인지는 여전히 알 수가 없었고, 따라서 어디로 가야 하는지도 모른다는 답답함이 귀신처럼 내 전신에 딱 달라붙어 떨어지지 않았다. 나는 마음속으로 더 깊고 튼튼하게 파고드는 불안과 불만에 진저리치며 괴로워했다. 아무것도 먹을 수 없었고, 아무것도 마음에 들지 않았으며, 몸을 움직인다는 것 자체가 무의미했다. 내가 할 수 있는 일이란 하숙방에 꼼짝없이 누워 천장을 바라보며 사지 하나 움직이지 않은 채 말라가는 것이었다. 대체 내가 무엇을 해야 하는지, 무엇을 하고 싶은지, 무엇을 할 수 있는지 생각하고 또 생각해보아도 눈앞에는 하얀 천장만 보일 뿐이었다. 그런 상태로 공부할 수 없었으므로 개강 한 달 후에 휴학을 해버렸다. 나는 단지 하숙비와 생활비를 벌기 위해 몸을 최소한으로 움직였고, 세월은 그렇게 하염없이 지나가고 있었다.

어머니가 서울에 등장하신 것은 그 무렵이었다. 반가움과 염려가

섞인 어머니의 얼굴을 바라보며, 나는 아무 일도 없다는 듯 잘 지내고 있다며 얼버무렸다. 하지만 깡마른 몰골과 불안하게 흔들리는 눈동자를 숨길 수는 없었다. 나는 얼마 지나지 않아 눈물을 뚝뚝 흘리며 어머니께 모든 것을 털어놓았다. 사실 어머니는 내가 가지고 있던 질문들을 내 속 깊이 심어준 장본인이었다. 이 고민을 피해 가는 것이 대책이 될 수 없다는 것도 이 세상 누구보다 잘 알고 계셨다. 그러나 답이 쉽게 나오지 않는 질문을 붙들고서 온몸으로 씨름하고, 추운 날 바싹 여윈 모습으로 나타나 몽유병 환자처럼 "엄마, 나 인도 가야 돼"라고 말끝마다 결론 아닌 결론을 되뇌고 있는 딸을 바라보던 어머니는 그날 밤 한잠도 이루지 못하셨다. 그리고 며칠 후에 한 가지 제안을 해오셨다.

그것은, 내가 그렇게도 고집하던 인도 여행 대신에 어려서부터 잘 아는 신부님이 계시는 미국의 뉴올리언스New Orleans로 가라는 것이었다. 내가 간다고만 하면 은행에서 빚을 내서라도 보내주시겠다는, 매우 파격적인 제안이었다. 지금 상태에서 인도에 가면 더더욱 비현실적으로 될 수 있으니 우선 현실적으로 도움이 될 수 있는 영어 연수를 다녀오라는 말씀이었다.

나는 그 후 넉 달 동안 미국에서 지냈다. 하지만 미국에서도 틈만 나면 새로 사귄 친구들을 붙잡고서 종교학과 인도에 대해 이야기했다.

그리고 서울로 돌아온 후에는 두려움 없이 종교학을 공부해보겠다고 결심하고서 열심히 대학원에 다니기 시작했다. 하지만 한 학기 후, 지도 교수님이 당신의 공부와 꿈을 위해 이른 명예퇴직을 결정하셨고, 나는 다시금 공황 상태에 빠졌다.

그런 내 모습을 보신 어머니가 이번에는 스튜어디스가 되기를 적극적으로 권하셨다. 밝고 명랑한 성격에, 여행과 사람을 좋아하고, 봉사정신도 투철하다는 등의 이유에서 말이다. 나는 그건 아닌 것 같다는 생각을 하면서도 딱히 별다른 대안도 없고, 조목조목의 이유가 그럴싸하기도 했으며, 무엇보다도 나를 가장 잘 아시는 어머니의 말씀이었기에 인도행 여비로 아껴두었던 100만 원으로 스튜어디스 학원에 등록했다. 그러나 학원에 다닌 지 한 달이 채 지나기도 전에 그 일은 어느 각도에서 보아도 내 일이 아니라는 생각이 확고하게 들었다.

어느 날 저녁, 나는 침대에 멍하니 앉아 있었다.

아무것도 보이지 않고, 아무것도 들리지 않았다. 이건 아니었다. 정말 아니었다. 일 분이 백 년 같았고, 일 분이 천 년 같았다. 그러다 갑자기 정신이 번쩍 들었다. 내가 지금 뭘 하고 있는 거지? 이 생에서 진정 뭘 원하는지, 어떤 길을 가야 하는지 모른다고 치자. 그렇다면 지금 당장 원하는 건 뭐지? 지금 당장 말이다!

그러자 마음 한쪽에 접어두었던 페이지가 스르르 펼쳐지며 '인도… 인도… 인도…' 하고 크레센도로 울려 퍼지기 시작했다. 나는 인도에 가야 해. 그래, 인도에 가야 해. 꼭 가야 해! 그것 하나는 정말 확실하잖아! 흙 속에 묻혀 있던 눈과 귀가 다시 서서히 반짝이기 시작했다.

나는 이튿날 당장 비자를 신청하고 항공권을 구입했다. 모아둔 현금이 없었으므로 카드로 결제해야 했다. 돈이 없다고 미룰 수는 없는 일이었다. 그 문제는 일단 다녀와서 해결하기로 했다. 서점에 들러 인도 여행 가이드북을 구입했다. 부모님께는 내가 얼마나 오랫동안 인도 여행을 기다려왔는지 말씀드렸다. 다음 날 비자를 받았고, 그다음 날 바로 떠나기로 했다.

공항으로 떠나기 전에 최종 배낭 점검을 하고 있을 때였다. 아버지가 황급하게 내 방으로 들어오시더니 양복 안주머니에서 구깃구깃해진 하얀 봉투를 꺼내셨다.

"엄마한테는 말하지 마라. 안전하게 다녀와라."

그러고는 부랴부랴 방을 나가셨다. 나는 20만 원이 든 봉투를 한 손에 꼭 움켜쥐고서 다시 한 번 결심했다. 그래, 가는 거야. 정말 잘 갔다 오는 거야!

델리Delhi 공항에 착륙하기 한 시간 전부터 심장이 뛰기 시작했다. 너무 강하게 쿵쾅거려 그 소리가 옆 사람에게까지 들릴 것만 같았다. 공항에 내리면 어디에서 버스를 타야 하는지, 어디로 가야 하는지 여행사로부터 충분히 설명을 들어두었지만, 낯선 밤 낯선 곳에서 홀로 선다는 것은 실로 긴장되는 일이었다.

여하튼 이렇게 나는 델리에서 시작하여 인도의 서부-남부-동부-네팔에 이르기까지 이곳저곳을 돌아다니며 여러 인도인들과 외국인들을 만나 많은 이야기를 나누었다. 우리는 모두 처음 만났고 곧 헤어졌지만 매우 진지하고 성실하게 서로의 이야기를 듣고 의견을 나누었다. 나는 영화에서 보았던 춤에 대해서도 항상 물어보고 다녔지만 그에 대해 아는 사람은 만나지 못했다.

그 한 달여간의 여행을 한마디로 표현하자면 '정말 많은 일들이 일어났다'가 될 수 있을 것이다. 인도에는 내가 원하는 모든 것이 존재하고 있었다. 신기하게도, 흔히 사람들이 신기해하는 인도의 많은 것들이 내게는 아주 자연스럽게 느껴졌다. 길거리의 소와 개, 시신을 태우는 화장터와 눈물, 사리Saree, 인도의 여성 전통복를 입은 여인들, 꽃과 향으로 치장해놓은 사원, 음식을 손으로 먹는 모습 등 많은 것들이 재미있고 아름다웠다. 가끔씩 장사꾼들에게 속아 어이없기도 했지만, 내게는 그 모든 것들이 자연스러웠다. 여행을 마치고 네팔 공항을 떠나올 때도 내 마음은 덤덤하기만 했다. 인도? 인도를 떠나는 마음? 시원함? 섭섭함? 아니, 나에게 그런 마음은 필요치 않았다. 어차피 조만간 이곳으로 다시 돌아올 것이었으므로.

인도는 그대에게 현실인가 비현실인가.
인도는 내게 현실인가 비현실인가.
그대의 비현실이 내게도 비현실인가.
그대의 현실이 내게도 현실인가.

어머니에게 비현실로 보였던 인도가 내겐 엄연한 현실이었다. 내 마음속 현실. 그 현실이 진짜 현실이다. 그 현실이 진짜 나다. 그 현실을 살고 있는 동료들이 분명 이 지구 어딘가에 존재한다. 그들을 찾아 나서야 한다. 내 마음속 현실이 언제, 어디서, 누구와, 어떤 형태로 이루어질지는 아무도 모른다. 부모님, 친구, 연인 등 나와 아무리 가까운 사람일지라도, 당신이 가장 사랑하고 당신에게 가장 사랑받는 사람일지라도, 그것은 아무도 모른다.

그것은 오직 당신, 오직 나만이 알 수 있다.

비록 잘못된 결정일지라도…

배낭여행을 다녀온 후 나는 다시 곧 인도에 돌아가리라 확신했지만, 다른 한편으로 종교학에 대한 미련을 떨쳐버릴 수가 없었다. 나는 그 두 가지, 인도와 종교학 사이에서 애매하게나마 절충점을 찾아내야 했다. 나는 종교학 중에서도 불교, 불교 중에서도 남방 불교, 남방 불교 중에서도 위빠사나Vipassana 명상을 공부하고 싶었다. 또한 학위와 더불어 수행을 겸하고 싶었고, 유학 비용이 저렴해야 했으며, 인도와 지리적으로도 가까운 곳이어야 했다. 그리하여 결론은 자연스레 스리랑카행 불교 유학으로 모아졌다.

스리랑카는 기실 태국·미얀마와 더불어 3대 남방 불교 국가라고 불리는 만큼, 부처님의 가르침을 따르는 재가자在家者들의 생활과 승가의 전통이 나라 전체에 깊이 자리 잡고 있었다. 시내 곳곳에 우거진 아름드리 초록 나무들, 사방에서 들려오는 새들의 지저귐 소리, 불교 사원에서 울려 퍼지는 저녁 기도 소리, 콜롬보Colombo 해변에서 바라보는 황홀한 주홍빛 석양도 가슴 미어지도록 아름다웠다.

그런데 스리랑카에서 지낼수록 이상하게도 인도가 자꾸만 그리워지는 것이었다. 인도 배낭여행 때 접했던 힌두교 특유의 복잡하고 화려한 색채와 모든 분야에 걸친 극도의 다양성이 몹시도 그리웠다. 인도에 비해 스리랑카의 불교문화와 생활 문화는 지나치게 잔잔하고 단조로웠다. 내 가슴은 또다시 답답함으로 숨이 막히게 되었고, 그와 맞물려 불교학 공부에도 점점 흥미를 잃어갔다.

공부라는 것 자체도 그러했다. 언제부터인가 머릿속에 들어오는 종교철학적 지식은 넘쳐나는데 그것을 내 몸에서, 내 인생에서 어떻게 수렴하고 정리하여 살아나가야 할지 알 수가 없었다. 머리는 자꾸만 자라나서 크고 무거워지는 반면에 몸과 마음은 더더욱 앙상하게 야위어갔다. 나는 가분수가 되어 땅으로 꼬꾸라져 죽을 것 같았다. 이런 회의는 스리랑카에서 지내는 몇 개월 동안 더욱 심해졌고, 이런 형태의 공부를 평생 한들 나를 찾을 수 없을 것 같다는 괴리감에 가득 차 스스로 지쳐갔다. '모든 길에 도가 있다'고 하지만 이 길 또한 내 길은 아닌 것 같았다.

그즈음, 나는 지금까지 나를 찾고자 했던 노력들이 다분히 정신적인 면으로 기울어져 있었다는 것을 발견했다. 육체를 떠난 그 정신이란 공허한 것이었다. 정신은 오직 정신만으로 채워지지 않는다는 것을 깨닫는 순간, 내 삶의 화두는 몸으로 옮겨가기 시작했다. 몸을 통해 나를 이해하는 길을 모색해보아야겠다는 생각이 강하게 들기 시작했다. 나는 우선 아주 작은 것이라도 좋으니 내가 몸과 관련해서 특별히 해본 일이 뭐가 있었을까 곰곰이 돌아보기 시작했다. 태권도, 위빠사나 명상, 요가 등 몇 가지가 떠올랐다. 그런데 이 모든 것에는 무언가가 빠져 있었다. 그 무언가가…

그러던 어느 날, 영화 〈까머수뜨러〉에서 보았던 춤의 이미지가, 수평선 위로 떠오르는 해처럼, 의식의 표면 위로 불쑥 떠올랐다. 정체 모를 움직임, 이름 모를 그 아름다움이 말이다. 그래, 내겐 아름다움이 필요했다! 내가 내 속으로 저절로 빠져들 수 있도록 만들어줄 아름다움이 말이다. 아름답게 몸을 움직여 나를 찾는 길, 그 길이 인도의 어딘

분명 그러했다.

설혹 잘못 내려진 결정이라 해도, 사실 그것은
멀고도 잘 알려지지 않은 목적지와 이어진 길 위에 있는,
반드시 거쳐야 하는 정거장이었다.

가에 놓여 있을 터였다.

나는 다시 인도에 돌아가기로 결심했다. 그곳에서 그 아름다운 춤을 찾아내야 했다.

결국 내가 스리랑카까지 가서 확실히 깨달은 단 한 가지 사실이란, 학문으로 하는 종교학은 내 길이 아니라는 것이었다. 이미 알고 있었지만 받아들이기 쉽지 않았던 그 사실을, 스리랑카를 거치면서 나는 피식 웃음 지으며 받아들이게 되었다. 내게 넓은 정신세계를 보여준 종교학은 나의 길인 듯했으나, 또 다른 길의 안내자였다.

분명 그러했다. 설혹 잘못 내려진 결정이라 해도, 사실 그것은 멀고도 잘 알려지지 않은 목적지와 이어진 길 위에 있는, 반드시 거쳐야 하는 정거장이었다. 그 모든 것이 내 길이었다. 내 길이란 멀리 뚝 떨어져 어딘가에 홀로 존재하지 않았다. 스리랑카의 불교학에서 인도의 힌두무용까지, 아니 그 이전부터 그 이후까지 모두가 연결되고 서로 디딤돌이 되어 내 길을 만들어내고 있었다. 다만 어떤 시기에 도달하여 나를 절실히 부르는 다른 곳으로 떠나게 될 때, 또 하나의 새로운 변주의 길이 시작되는 것일 뿐이다.

울음과 수음

나는 다시 남인도 문화 예술의 중심지라 불리는 첸나이Chennai로 떠나왔다. 이번에는 영화 속의 신비한 춤이 무엇인지 반드시 알아내고 말겠다고 마음속으로 단단히 다짐했다.

먼저 배낭여행 때 머물렀던 게스트 하우스를 찾아갔다. 미로처럼 서로 얽힌 몇 채의 건물에 소박하고도 편안한 방이 마흔 개 정도 있는 숙소였는데, 소문에 의하면 그곳은 어떤 무슬림 부호의 저택이었고 각 방마다 그의 아내들이 머물렀다고 한다. 진짜인지 아닌지는 알 수 없으나, 여하튼 4층 옥상에서 저 멀리 내려다보면 널찍하게 탁 트인 들판 너머로 그가 세웠다는 커다란 무슬림 사원도 보였다. 해가 뜨거나 질 무렵 창문을 활짝 열고 무심히 앉아 있으면 사원으로부터 '알라'를 부르는 한 줄기 기도 소리가 들려와 내 마음도 이내 경건함에 아련히 젖어들고는 했다.

나는 신문이나 여행 가이드북 그리고 현지 사람들로부터 정보를 얻어 무용 연구소를 찾아다니기 시작했다. 버스를 타고, 오토 릭샤Auto-rickshaw, 삼륜 자동차를 타고, 걷고 걷고 또 걸었다. 첸나이 거리의 먼지와 매연을 뒤집어쓴 채 이리저리 묻고 물어 크고 작은 무용 아카데미를 여러 곳 방문했다. 학생들의 춤을 보고, 설명을 듣고, 상담을 했다.

그러나 모두 아니었다. 내가 찾고 있던 춤이 아니었다. 영화에서 보았던 춤이 이 세상에 존재하기는 한 것인지, 혹시 그저 영화를 위해 잠시 만들어졌다 사라진 것은 아닌지, 알 수가 없었다. 며칠간 이어진 시도와 실망 끝에 내 마음은 더욱 헷갈렸고, 더욱 허기졌고, 더욱 지쳐 갔다. 나는 터질 것 같은 이 갑갑한 심정을 누군가에게 털어놓아야만 할 것 같았다.

전화 가게에 들어갔다. 가장 친한 친구에게 전화를 했다. 그러나 무슨 일이 있는지 여러 번 걸어도 받지 않았다. 아무리 두드려도 답변

없는 상태는 전화에서도 이어지는 것 같아, 점점 더 어찌할 바를 모르게 되었다. 나는 서둘러 동생에게 전화를 걸었다. 몇 번의 신호 끝에 다행히 동생의 목소리가 들려왔다.

"어, 나야… 뭐해?"

"어, 누나? 뭐 좀 하고 있었어. 왜, 뭐 하는데?"

"아니, 그냥… 나 지금 인도에 있어."

"인도? 스리랑카 아니고?"

"어…"

"거긴, 왜?"

거기까지 몇 마디 주고받았을 때, 애써 참아왔던 울음이 북받쳐 터져 나왔다. 앞뒤를 설명할 사이도 없이, 왜 스리랑카를 떠나 그곳에 왔으며 무엇을 찾아 헤매고 있는지 이야기할 사이도 없이, 울음이 터져 나왔다.

"…나, …나… 어떻게 살아야 할지 모르겠어…

나, 어떻게… 어떻게… 살아야 할지 모르겠어…"

나는 수화기를 꼭 붙들고서 그 말만 수없이 반복했다. 그 많은 눈물은 도대체 어디서 솟아나는 것인지, 끊임없이 흘러내리는 눈물과 콧물로 범벅이 되어 울부짖었다. 동생은 아무런 말없이, 나 스스로 울음을 가라앉힐 때까지 덤덤히 들어주었다. 투명한 전화 박스에서 어깨를 들먹이며 한참 동안 이어지던 모놀로그monologue의 통화는 그렇게 끝이 났다.

해가 지고 있었다.

한바탕의 격한 울음 이후, 나는 진이 쭉 빠진 채 게스트 하우스로 돌아왔다. 시원한 저녁 바람을 맞고 싶었다. 평화로운 풍경이 내려다보이는 높고 너른 옥상의 가장자리에 앉아 저 너머의 무슬림 사원을 바라보고 싶었다. 나는 옥상으로 올라갔다. 부드러운 미풍이 나의 긴 머리칼을 날렸다. 저녁 기도 시간이 다 되어가는지 사람들이 점점 모여들고 있었다.

그때였다. 검은 염소 떼를 이끈 한 인도 소년이 벌판을 지나 내 쪽으로 오며 손짓을 했다. 처음에는 무슨 말인가 했는데, 어서 밑으로 내려오라는 뜻인 것 같았다. 나는 짐짓 못 본 척 다시금 시선을 허공에 던졌다. 소년아, 난 지금 아주 심각하단 말이다. 난 지금 녹초가 되어 있단 말이다. 제발 날 혼자 내버려두렴…

그러는 사이, 목동은 게스트 하우스 바로 아래까지 왔다. 그곳은 황량하게 펼쳐진 저쪽 들판과는 달리 나무가 꽤나 우거져 무성한 초록을 이루고 있어 그 누구도 소년을 알아볼 수 없는 곳이었다. 소년과 나의 거리는 서로의 얼굴을 또렷이 알아볼 수 있을 정도로 가까워졌다. 목동은 계속해서 내게 손짓했다. 그러다가 갑자기 바지를 밑으로 확 내렸다. 어어어?! 일은 눈 깜짝할 사이에 벌어졌다. 당황한 나는 얼른 고개를 들어 사원 쪽을 보았다.

목동은 해맑은 웃음을 머금고서 날 바라보며 열심히, 아주 열심히 수음手淫을 하기 시작했다. 풀려난 염소들은 그의 옆에서 한가로이 풀을 뜯었다. 이게 뭐란 말인가… 기가 막혔으나 일단 옥상에 있어서 안전하다는 것을 알게 되자 나 또한 호기심이 발동, 그를 뚫어져라 바라보기 시작했다. 그래, 석양 속에서 검은 머리 흩날리며 홀로 앉아 있는 우수에 찬 외국인 아가씨가 네게는 아름답게 보였겠지. 비록 작은 일이지만, 비록 기이한 행동이지만, 자신이 원하는 바를 명확히 알고서 그것을 내 앞에서 감행하고 있는 그의 용기가 가상하게 여겨졌다. 어디로 가야 할지 모른 채 떠돌고 있던 나로서는 그러한 그가 부럽기까지 했다.

이내 일을 마친 소년은 주변에 흐드러져 있는 나뭇가지에 손을 뻗어 초록 잎사귀 한 장을 똑 따더니 아래를 닦아냈다. 그리고 염소 떼를 이끌고는 다시 천천히 사원 쪽으로 걸어갔다. 돌아가는 목동의 뒷모습을 보고 있으려니 피식 웃음이 나왔다.

나는 다시 고개를 들어 저 너머의 아름다운 노을을 바라보았다. 그날 저녁, 붉은 노을 아래에서 나의 울음과 절박함은 그렇게 잠시 잊혔다.

나는 답을 얻지 못한 채 스리랑카로 돌아왔다.

그 후 재미있게도, 정작 내가 알고 싶었던 춤에 대해 정확하게 알려준 이들은 다름 아닌 콜롬보의 아티스트들이었다.

춤의 이름은 오디시Odissi였다. 인도고전무용 오디시, 오리사Odisha 주의 신전무용! 춤의 이름을 알게 되자 곧바로 콜롬보의 인도 대사관과 인터넷을 통해 오디시의 스승들과 아카데미의 주소록이 적힌 종이 세 장을 손에 넣을 수 있었다.

드디어 떠날 준비가 된 것이다!

이제 너에게 달려갈 일만 남은 것이다!

너에게로 도망치다

4월, 숨이 턱턱 막히는 더위가 이미 극성을 부리고 있었다.

나는 스리랑카 콜롬보에서 인도 남동부의 첸나이를 거쳐 북동부의 꼴까따Kolkata 공항에 도착했다. 오디시라는 이름을 알게 된 지 일주일 만이었다.

세 번째 인도행.

이번에는 여행자로서가 아니라 인도에서 정착하기 위해, 오디시 스승과 내가 살 곳을 찾기 위해 왔다. 그에 걸맞게 나는 콜롬보의 한 친구가 빌려준, 낡았지만 멋진 대형 슈트케이스에 일상에서 필요한 온갖 물건들을 가득 챙겨 넣어왔다. 어깨에 둘러멘 배낭에도 소지품이 한가득 들어차 있었다.

나의 최종 목적지는 꼴까따의 아래쪽에 위치한 오리사 주의 주도州都 부버네슈어러Bhubaneswar였다. 오디시 주소록을 보니 유명한 스승들과 아카데미가 전국적으로 흩어져 있었지만 일단 오디시가 태어난 고장인 오리사로 가야 한다고 생각했다.

나는 짐을 풀고서 우선 어머니께 이메일을 보냈다.

내가 스리랑카에서 열심히 불교 공부를 하고 있으리라 생각하고 계실 부모님을 생각하면 죄송하고 많이 놀라실 것 같아 지낼 곳을 찾을 때까지 전화 통화는 미루고, 우선 자세한 이야기를 장문의 편지에 담았다. 스리랑카를 떠나 인도로 오게 된 이유와 함께 몸도 건강하고 마음도 포부로 가득 차 있으니 걱정 마시라고 전했다.

그런데 숙소에서 머물고 있는 여행자들로부터 꼴까따보다 남쪽에 위치한 오리사 주가 극심한 무더위로 들끓고 있다는 소식을 듣게 되었다. 나는 이미 콜롬보에서도 무더위에 시달려왔던 터라, 앞으로 견뎌야 할 오리사의 폭염에 앞서 북부의 시원한 다질링Darjeeling에서 잠시 쉬고 와야겠다는 생각이 들었다. 그러나 막상 다질링에 도착해서는 마음이 다급해져 겨우 하룻밤만 보내고 다시 기차에 올라탔다.

다질링에서 부버네슈어러까지는 기차로 20시간이 넘는 거리였다. 늦은 밤에 출발해 하룻밤을 기차 안에서 보낸 후 그다음 날 새벽에 도착할 예정이었다.

나는 표에 적혀 있는 칸으로 들어섰다. 많은 사람들이 북적대는 여느 때와는 달리 내 맞은편 좌석에는 젊은 부부와 어린 딸이 앉아 있었고, 내 옆의 두 자리는 비어 있었다. 한가하기는 다른 칸도 마찬가지였다. 나는 복잡하지 않아 좋다고 내심 좋아하며, 무거운 슈트케이스를 맨 위층의 내 침대 자리에 올려놓는 대신 가장 아래층 침대 의자 밑에 밀어 넣고 기차 내에 마련된 쇠고리에 체인으로 걸어두었다. 그러고는 위로 올라가서 이불을 머리 꼭대기까지 뒤집어쓰고 흔들리는 기차의 움직임에 맞추어 요람에 든 아기처럼 곤히 잠들었다.

나는 정오에 가까워져서야 단잠에서 깨어났다. 아래로 가뿐히 내려와 침대 의자 밑으로 고개를 숙였다.

그런데 이게 웬일인가?

내가 본 것은 휑하게 비어 있는 공간이었다. 댕강 잘려나간 반쪽짜리 체인만이 쇠고리에 매달려 기차의 움직임에 따라 달랑달랑 흔들리고 있을 뿐이었다. 두 눈이 휘둥그레졌고, 나는 할 말을 잃었다. 이건 무슨… 상황? 이것이 말로만 들어왔던 인도의 기차 도난이란 말인가?

앞쪽의 아저씨가 황당해하는 나에게, 간밤에 모두 잠들었을 때 기차 도둑이 들어와 커터로 체인을 끊어버리고 가져간 것 같다고 말했다. 사람들이 많지 않았으므로 감시하는 눈도 적어 그만큼 손쉽게 훔쳐갈 수 있었을 것이라고 했다.

도둑은 그럴싸하게 생긴 커다란 슈트케이스에 값비싼 물건이 들어 있으리라 생각했던 것일까? 하지만 그 안에는 내 옷가지와 이불, 사진, 책, 세계지도, 샤워용품, 향, 찻잎, 전기 주전자 등이 들어 있을 뿐이었다. 나에게는 소중하지만 값나가는 물건은 아니었다. 고가의 전자제품은 모두 밤새 베고 잤던 배낭 안에 들어 있었다. 나는 얼른 옷 안쪽에 차고 있던 여권과 현금을 손으로 더듬어 확인했다. 일단 가장 중요한 물건과 내 몸이 온전하다는 것을 알게 되자, 도난당했다는 사실을 빨리 잊어야겠다는 생각이 들었다. 어차피 잃어버린 것을 계속 생각한들 나만 손해니까.

얼마가 지났을까. 문득 한 생각이 스쳤다.

'흠… 그렇다면 이제 나도 인도 속옷을 입어보게 되겠군?'

스리랑카에서 겉옷을 사러 다닐 때 가끔씩 속옷 코너를 지나치고는 했다. 스리랑카의 속옷은 어떨까 궁금하면서도 한국에서 가져온 것이 있었으므로 한 번도 구입해본 적이 없었다. 그런데 이제는 아무것도 없으므로 속옷부터 겉옷까지 모두 사야 하는 상황이 된 것이었다.

'그래, 이건 분명 상징적인 사건이야. 겉이 아닌 속에서부터 시작하라고 일어난 일인거지. 완전히 처음부터 모든 것을 새롭게 오리사에서 시작해주겠어!'

새벽 세 시. 나는 드디어 부버네슈어러 기차역에 내렸다. 한밤중이라 밖으로 나갈 생각은 애초부터 없었지만 일단 어떤 곳인지 보고 싶었다. 게이트 너머로 고개를 내밀어 역 앞을 슬쩍 보았다.

족히 수백은 될 것 같은 거지들과 노숙자들, 여행객들이 발 디딜 틈이 보이지 않을 정도로 다닥다닥 한데 엉켜 역 광장 바닥에 누워 있었다. 인도에서 처음 접하는 풍경은 아니었지만 전 재산을 잃고 나서 보는 장면이다 보니 한숨만 나왔다.

나는 혹시 역 안에 머물 수 있는 방retiring room이 있는지 물어보았다. 별다른 기대 없이 물어보았던 것이지만 방이 있다는 대답을 듣고는 정말 다행이라고 생각했다. 하지만 방을 본 후 다시 울상이 되었다. 사용하지 않은 지 몇 달이 되었는지, 혹은 몇 년이 되었는지 방 안은 케케묵은 냄새로 가득했고, 멀리서 보아도 아주 또렷한 까만 눈동자와 다섯 개의 발가락을 지닌 칙칙한 연두색의 도마뱀들이 경주라도 하듯 회색 벽을 빠르게 기어 다니고 있었다. 스리랑카의 도마뱀과는 비교도 안 될 정도로 크고, 구워 먹어도 될 정도로 두툼한 도마뱀들이었다. 화장실에는 물이 나오지 않았으므로 계단을 몇 번이나 오르락내리락하며 사람들에게 거듭 부탁해서 겨우겨우, 허둥지둥 샤워를 시작했다. 하지만 내게는 향긋한 샴푸도, 깨끗한 수건도, 갈아입을 옷도, 아무것도 없었다. 하는 수 없이 사흘 내내 입었던 겉옷으로 물기를 닦고, 다시 그것을 입은 후 먼지 날리는 침대에 누웠다. 그렇게 누워 천장에서 돌아가는 선풍기를 바라보고 있으니, 도대체 내가 여기서 왜 이러고 있는 것인지 모르겠다는 생각이 들었다. 그리고 그 순간 나도 모르게 '이날을 결코 잊지 않겠다'고 다짐했다.

아침이 되어 밖으로 나서기 전, 나는 방문 앞에 서서 기도를 했다.

'이 문을 나서면 나는 지금까지 애타게 기다리며 찾아왔던 세계로 들어간다. 금빛나, 나는 너를 믿는다.'

마음이 간절해지자 저절로 두 손이 모아졌다. 나는 몸을 곧게 펴고 서서, 세 번 깊게 호흡했다. 숨을 천천히 들이쉬며 그 숨이 나의 머리 위, 하늘 너머, 온 우주에 퍼져 나간다고 상상했다. 숨을 천천히 내쉬며 그 숨이 나의 발아래, 땅속, 용암이 들끓는 지구의 중심까지 다다른다고 상상했다.

나는 시내에 가서 우선 방 하나를 빌려 휴식을 취했다. 그다음, 스리랑카에서 가져온 주소록과 현지 사람들의 도움을 받으며 저명한 오디시 스승들을 한 분씩 만나기 시작했다. 그중 가장 마음에 든 분이 구루 겅가더러 쁘러단Guru Gangadhar Pradhan이었으므로 그분을 나의 스승으로 모시기로 결정했다.

머물 곳을 정하고 나서 어머니께 전화를 걸었다. 콜롬보에서 통화한 후 약 2주 만이었다. 다이얼을 누르자 신호음이 들려왔다. 수화기를 들고 있는 그 짧은 시간 동안 손이 떨려왔다. 어머니가 뭐라고 말씀하실까? 누구보다도 나를 이해해주시는 어머니지만, 혹여나 실망하실까? 화를 내실까? 무척 긴장되고 떨려왔다.

"여보세요… 엄마?"

나는 기어들어가는 목소리로 엄마를 불렀다. 즉시 내 목소리를 알아들으신 어머니가 명랑한 목소리로 대답하셨다.

"축하한다, 빛나야!"

나는 그 첫마디에 어안이 벙벙해졌다.

"종교학보다는 인도무용이 네게 훨씬 더, 아주 많이 잘 어울려. 그게 네 길인 것 같다. 다만 네가 가볍게 내린 결정이 아니길 바랄 뿐이야."

예상했던 것과는 전혀 다른, 아니 전혀 예상하지 못했던 어머니의 말씀에 나는 전율했다. 이미 뜨거운 눈물이 뺨을 타고 주룩주룩 흘러내리고 있었다.

일어나라! 자리에서 일어나라!

나는 인도인들과 함께 어울려서 살고 싶었다. 그것도 시골에서.

오디시를 제대로 추기 위해서는 무용의 테크닉뿐 아니라 오리사의 전통적인 생활, 문화, 사고방식, 언어 등이 내 몸속에서 자연스럽게 흘러나와야 했다. 춤 수업을 받은 후 내 방으로 돌아와 온종일 혼자 지내고 사람들과 현지어가 아닌 영어로 대화한다면, 사는 곳이 서울이 되었든, 파리가 되었든, 뉴욕이 되었든 내게 보다 익숙한 문화의 연장선상에서 계속 살아가는 셈이었으므로, 그만큼 오리사에 온 의미와 보람이 줄어드는 것 같았다.

오리사의 생활 문화를 보다 확실하게 익히기 위해서는 오늘날에도 인도의 옛 전통을 면면히 지키며 살고 있는 시골 사람들 사이에 파묻혀 살면서 오디시를 시작하는 것이 가장 좋겠다는 생각이 들었다. 나는 곧 그 해답을 스승님에게서 찾았다. 스승님은 부버네슈어러를 비롯해서 오리사의 여러 지역에 아카데미를 두고 계셨는데, 그중에 꼬나르꺼Konark라는 시골에 '꼬나르꺼 나띠여 먼덥Konark Natya Mandap'이라는 예술인 공동체(아쉬람Ashram)도 운영하고 계셨다. 스물다섯 명 정도의 사람들이 모여 살고 있는 그곳을 방문해본 후, 나는 "바로 여기야!"라고 외치며 당분간 그곳에서 머물기로 결정했다.

그곳은, 섭씨 48도까지 올라가는 무시무시한 찜통더위가 몇 달간 지속되는 곳이었지만, 에어컨은 당연히 없고 더운 바람을 돌려대는 천장의 선풍기마저도 전기가 자주 끊겨 무용지물이 되어버리고는 했다. 어떤 때는 연속적으로 닷새나 엿새 동안 전기가 들어오지 않았다. 그럴 때면 온 세상이 멈추는 듯했다. 나뭇잎은 미동이 없었고, 촛불도 한 치의 흔들림이 없었다. 바람 한 결을 바라는 것이 마치 사막에서 비 한 방울을 애타게 기다리는 것과도 같았다.

정전이 되면 수돗물 공급도 끊겼다. 기나긴 열대야에서 할 수 있는 일이란 공동 목욕장에서 힘껏 펌프질하여 지하수를 끌어올려 하룻

밤에도 일곱 번씩, 여덟 번씩 샤워를 해대는 것이었다.

그렇게 방과 목욕장을 왔다갔다하다 보면 결국 밤은 땀으로 범벅이 되었고, 어느덧 아침 해가 솟았다. 그냥 가만히 앉아 있어도 땀이 뚝뚝 떨어졌고, 등과 엉덩이에는 물론, 목, 가슴, 팔, 손등, 허벅지, 종아리, 발등, 얼굴 등 살갗이라면 어디든지 수천 개의 땀띠가 미친 듯이 올라왔다. 여기저기서 부글거리며 마구 들끓어 오르는 용암 속 기포들처럼 말이다. 사람들은 너도나도 손톱으로 땀띠를 긁어댔고, 몸은 온통 상처투성이가 되었다. 머리 밑은 빗질을 할 수 없을 정도로 헐었다. 근처 약국에서 구한 땀띠약도, 한국에서 어머니가 보내주신 땀띠약도 아무 소용이 없었다. 사우나 안에서 땀띠약을 바르는 것과 마찬가지였으니까. 이런 마당에 화장을 한다는 것은 아예 생각조차 할 수 없는 일이었다. 행여 오늘은 괜찮을까 기대하고 샤워 후 토너나 크림을 한 번 발라보면 곧 어느 것이 땀이고 화장품인지 구분할 수 없게 되었다.

한국에서는, 인도인들이 워낙 더운 기후에서 살고 있으므로 비교적 더위에 강할 것이라 생각하지만, 천만의 말씀! 48도에 가까워져 오면 다들 죽지 못해 산다. 피해 갈 곳도 없고, 도망갈 돈도 없으므로, 별도리 없이 참고 사는 수밖에 없는 것이다. 물론 부자들은 이 시즌이 오기 전에 미리 외국으로 몇 달씩 피서를 떠난다.

이 땅에 남아서 더위를 견뎌내는 사람들을 위해 신이 마련해둔 특별한 위로의 선물이 하나 있다. 바로, 속살이 샛노랗게 익은 부드럽고 달콤한 망고이다. 망고는 대략 4월부터 7월까지 가장 더운 시기에 잠시 등장했다가 사라진다. 나는 그 첫해에 얼마나 많은 양과 얼마나 많은 종류의 망고를 맛보았던가!

달고 진한 망고는 한정 없이 먹었지만 매일 먹는 단체 식사란, 우수수 흩어지는 흰밥, 통감자를 썰어 넣은 노란 녹두죽 달Dal, 가장자리가 새까맣게 타들어간 야채 볶음 한 줌뿐으로 열악하기 그지없었다. 나는 곧 영양실조에 걸릴 것 같아 어머니가 보내주시는 건강 보조식품을 꼭꼭 챙겨 먹었다. 그러나 인도 음식에 대한 불편함과 어색함은 전혀 없었다. 애당초 인도 음식을 좋아한 데다 '나는 이미 인도인인데 뭘 적응해야 하지?'라는 마음으로 각오하고 있었기 때문이다.

정작 어려웠던 것은 먹은 후 곧바로 잠을 자는 습관이었다. 아침 일곱 시에 짜이Chai, 인도식 밀크 티를 한 잔 마시고, 오전 열 시에 가벼운 아침을 먹는다. 오후 두 시에 점심을 먹은 후 곧바로 두 시간의 낮잠을 잔다. 낮잠에서 일어나서 오후 다섯 시경에 다시 짜이를 마시고, 밤 열 시 또는 열한 시에 저녁을 먹은 후 또다시 곧바로 잠자리에 드는 식습관.

• 공동 목욕장
•• 맨 처음 사용하던 방

• 클래스룸
•• 식당

적응하기 힘들었지만 공동생활을 하는 중이었으므로 내가 맞춰나갈 수밖에 없었다. 음식이 채 소화도 되기 전에 바로 잠을 청하는 일도 곤욕이었지만, 춤 연습과 더운 기후로 인해 평소보다 몇 배로 더 땀을 흘리고 허기지는 반면 우리가 일반적으로 알고 있는 식사 시간보다 두세 시간씩 늦어지는 인도의 식사 시간으로 인해 나는 자주 배가 고팠다. 그리하여 내가 가장 먼저 배운 오리야Oriya어는 다름 아니라 "나 배고파요"였다.

춤의 더 나은 표현을 위해 현지어를 꼭 배우리라 처음부터 생각하고는 있었지만, 나는 영어가 잘 통하지 않는 시골에서 그야말로 살아남기 위해서라도 오리야어를 조금씩 독학해나가야 했다. 사람들이 말하는 것을 귀담아 듣고, 궁금한 바가 있으면 수시로 아무나 붙잡고 물어보았다. 무조건 부지런히 말해보고, 매일 잠들기 전에 십오 분씩 복습했다. 이렇게 칠팔 개월이 흐르자 오리야어로 스스럼없이 소통할 수 있게 되었다. 그렇게 말문이 트이고 나서야 비로소 문자를 익히기 시작했다. 그때껏 학교나 학원에서 배워온 과정과는 완전히 다른 이런 언어 학습 방법은 내게 아주 새롭고 훌륭한 체험이었다.

내가 처음 머물렀던 방은 흙으로 벽을 세우고 볏짚으로 지붕을 덮은 오리사 시골의 전형적인 옛 가옥의 형태였다. 여기에는 온갖 벌레들과 동물들이 자주 들락날락했다. 주된 단골은 크고 작은 개구리들과 도마뱀들이었다. 개미와 바퀴벌레를 피해서 단 과일과 과자가 든 봉지를 허공에 대롱대롱 달아놓았지만, 바퀴벌레는 윤기 나는 까만 날개를 펴고 퍼드덕거리며 사납게 날아들었고 개미는 매달아 놓은 끈을 타고 집요하게 엉겨 붙었다. 쥐들이 천장에서 뛰어다닐 때면 침대 위로 모래가 우수수 떨어졌다. 창문 없이 문짝 하나만 붙어 있는 이 흙집은 낮이나 밤이나 깜깜했고 백열등 하나만이 외로이 달려 있었다.

매일 밤 아홉 시가 되면 옆방에서 머무시는 한 노장 스승님이 낮고 평화로운 목소리로 반복하는 '옴Om' 명상 소리가 어김없이 들려왔고, 매일 아침 여섯 시에는 방 뒤쪽의 커다란 클래스 룸에서 꼬마 남자무용수들(고띠뿌어 댄서Gote Pua dancer)이 부르는 귀엽고 씩씩한 노랫소리가 나를 깨웠다. 그 아름답고 오래된 멜로디에 이끌려 나도 아이들 옆에 앉아서 오리야어 노래를 배우고는 했다.

한편, 나는 스리랑카에서 지내는 동안 10킬로그램이나 불어났던 물렁한 몸을 무용수다운 단단한 몸으로 만들기 위해 그리고 무용 중에서도 오디시가 요구하는 체형과 움직임을 만들어내기 위해 쉴 새 없이 땀을 쏟아냈고, 고열이 동반되는 몸살과 통증을 이겨내야만 했다.

인도고전무용에서는 스텝을 밟을 때 맨발로 땅을 쳐서 그리고 발목에 찬 작은 방울꾸러미들로 소리를 낸다. 다시 말하자면, 토슈즈나 양말을 신는 대신 발목에 많은 방울들을 차고 맨발로 무대를 누비는데, 이때 발바닥으로 바닥을 쳐서 손뼉을 칠 때 나는 소리를 내야 하는 것이다. 이 소리를 내기 위해 땅을 아무리 세게 치고 두들겨보아도 다른 무용수들처럼 시원한 소리는 도무지 나지 않았다. 불쌍한 내 발바닥은 언제나 화로처럼 벌겋게 달아올라 화끈거리고 쿡쿡 쑤셨다. 어떤 날은 통증이 너무 심해 걸을 수도 없었다. 침대 위에 발뒤꿈치를 대지 못하고 허공에 띄운 채 잠드는 날들이 허다했다. 발바닥으로 소리를 내는 테크닉을 제대로 익히기까지는 오랜 세월이 걸렸다. 그러나 몸의 유연성 부분에서는 다행히도 어려서부터 늘 습관처럼 스트레칭을 해온 덕에 지금까지도 그 어떤 인도 무용수들보다 유연할 정도로 문제가 된 적이 없었다.

이론 수업도 결코 쉬운 일이 아니었다. 매우 체계적이고 정교하며 복잡한 이론과 역사 그리고 통째로 외워야 하는 길고 어려운 산스크리트어 용어들이 무더기로 쏟아졌다.

그러나 뭐니 뭐니 해도 가장 힘든 것은 역시 숨도 제대로 쉬기 어려울 정도로 높은 온도와 습도였다. 그런데 재미있는 것은, 가만히 있어도 죽을 것 같은 상태에서 어떻게 춤을 출 수 있을까 싶은데 오히려 춤을 춰서 땀을 흠뻑 흘리고 나면 숨통이 트여 잠시나마 기분까지 상쾌해지는 것이었다. 밤, 꿈속에서도 춤 연습은 이어졌고 누운 채로 기본 동작을 되풀이하다 스스로 움찔움찔 놀라 자주 잠에서 깨어났다.

저녁 뿌자Puja, 제사 또는 기도 의례와 버전Bhajan, 힌두교 찬송가 예식 시간 이후 이어지는 저녁 수업 때면 우글거리며 달려드는 야생 모기떼에 물리지 않기 위해서라도 한시도 몸을 정지된 상태로 두어서는 안 되었다. 느닷없이 정전이 찾아오면 땅바닥 여기저기에 촛불을 켜놓고서 벽에 커다랗게 드리워지는 내 그림자를 바라보며 한층 더 낭만적인 분위기 속에서 수업을 계속해나갔다. 선생님은 나무 막대 두 개를 딱딱 부딪쳐 박자와 장단을 맞추기도 하고, 갈대 돗자리를 깔고 앉아 '머르덜라Mardala'라는, 영화에서 보았던 바로 그 타악기를 연주하기도 하면서 춤을 지도했다. 머르덜라 소리를 들을 때면 그 속의 어떤 목소리가 내게 '자리에서 일어나라! 자리에서 일어나라!'라고 외치는 것 같아, 나도 모르게 벌떡 일어나 몸을 움직였다. 그 소리는 언제나 내가 나에게 도취하게끔 만들었다.

연습이 끝나면 자전거를 타고 시골의 긴 가로수 길을 지나 시장으로 달려가 달고 시원한 사이다를 마셨다. 때로는 친구와 컴컴한 내 방으로 들어와 킥킥대며 세상에서 가장 진하고 뜨거운 네스카페 한 잔을 타서 마셨다. 어찌나 달콤했던지!

그동안 지속되었던 더위는 6월 말부터 장마 기간에 들어서면서 억수같이 퍼붓는 장대비로 인해 조금씩 수그러들기 시작했다. 워낙 습했던 곳이 더욱더 빈틈없이 축축한 공기로 가득 들어찼다. 비를 너무나도 좋아하는 나는, 키 큰 초록빛 바나나 잎사귀 위로 쫙쫙 쏟아지는 비를 바라보며 참으로 행복했다. 내가 비 때문에 여기에 와 있구나 하는 생각까지 들었으니까.

그러나 계속되는 폭우로 인해 길거리 나무들이 모조리 쓰러졌고, 모든 전화선이 끊기기에 이르렀다. 그 바람에 인도 내에서도 꼬나르끄에는 연락이 닿지 않았다. 애당초 휴대폰은 사용할 수 있는 지역이 아니었다. 이런 형국이다 보니 국제전화는 당연히 사용할 수 없었고, 어머니와도 연락이 두절된 채 한 달이 훌쩍 지나가 버렸다. 하지만 어머니는 전혀 초조해하지 않으시고 언제나 기도하면서 모든 것을 믿고 맡기셨다고 한다.

• 어린아이들과 함께 시작한 수업
•• 처음으로 사리를 입고 공동체 식구들과 함께

꼬나르꺼에서 부버네슈어러로 거처를 옮기고 나서도 나는 휴대폰과 컴퓨터 없이, 문화적으로 단절되고, 공간적으로 단절되고, 사람들과도 단절된 채 오로지 오디시와 오리사에만 집중하도록 노력했다. 초기의 몇 년 동안 나와 가족은 한국에서 나를 아는 모든 사람들에게 내가 하는 일과 사는 곳을 비밀에 부쳤다. 나 자신이 이 생활에 어느 정도 안정을 찾고 확신이 설 때까지 괜한 소음을 일으키지 않기 위해서였다.

아버지가 해놓으신 신문 스크랩에서 백건우 선생님의 인터뷰 기사를 읽은 적이 있었다. "단절이 없으면 발전도 없다"라고 말씀하신 부분이 가장 인상적이었다. 익숙한 모든 것으로부터 단절되는 경험은 분명, 또 다른 나, 좀 더 깊숙한 곳의 나를 발견하는 데 도움을 준다. 그 단절로 인해 어렵고 이해할 수 없는 일들이 다가오기도 하겠지만 그만큼 신기하고 재미있으며 흥미로울 수도 있다. 혹여 아픔을 겪는다 해도 피해 가고 싶지는 않다. 고통 없이 얻어지는 것은 없을 테니까. 내가 원하는 것을 얻기 위해서는 참고 견뎌야 하는 것들이 있기 마련이다. 단, 어떤 아픔이든 그것을 마냥 아픔으로만 받아들이지 말 것. 아파하고 있음을 인식할 것. 그 속에 함몰되지 말 것.

나는 이렇게 오리사 문화의 태반胎盤 속에서 오디시 무용수로서 모양새를 차츰차츰 갖추어나가기 시작했다.

태양 사원의 조각상들

꼬나르끄에는 오리사 주를 대표하는 태양 사원Surya Mandir, Sun Temple이 있다. 해가 저물 무렵, 저 멀리 금빛 아우라 속에서 웅장한 모습을 드러내던 태양 사원. 처음 보는 것이었지만 위대한 태양의 힘과 그에 버금가는 인간의 헌신적인 노력이 단번에 압축적으로 느껴졌다. 13세기 중반에 완공되고, 1984년에 유네스코 세계 유산으로 등록된 이 건축물은『리그베다*Rig-Veda*』에서 묘사하고 있는 대로 스물네 개의 바퀴와 일곱 마리의 말이 이끄는 태양신의 거대한 마차 모양을 하고 있다. 이는 시시각각으로 이동하는 태양의 움직임을 나타내는 동시에 태양신의 빛나는 영광을 그려내고 있는 것이다.

오리사의 전통적인 사원 건축 양식을 한눈에 보여주는 태양 사원은 그 아름다운 모양과 엄청난 규모만으로도 압도적이지만, 역시 최고의 하이라이트는 가까이 다가갈수록 눈을 뗄 수 없게끔 만드는 형형색색의 조각상들일 것이다. 1,200여 명의 조각가들이 12년에 걸쳐 작업했다는 이 환상적인 조각상들은 황갈색 사원의 모든 벽면과 기둥에 빼곡하게 새겨져 있다.

먼저 사원의 하단과 중간 부분에는, 신에게 봉헌의 춤을 드리고 있는 감각적이고 아리따운 신전 무희들과 다양한 악기를 경쾌하게 연주하고 있는 악사들, 기지개를 펴거나 긴 머리를 빗으며 거울 앞에서 몸단장을 하고 있는 요염한 자태의 여인들, 집 앞에서 턱을 괴고 저 너머를 바라보며 남편을 기다리고 있는 아내의 모습 등이 보인다. 이외에도 온갖 여신들과 남신들, 신성한 신들과 사악한 악마들, 상체는 남녀이지만 하체는 뱀의 꼬리를 한 채 서로 엉켜 있는 반인반수의 모습 등 마음속에서 상상 가능한 모든 인물들이 현실과 신화를 오가며 새겨져 있다. 꼬나르꺼의 조각상들은, 좀 더 북서쪽에 위치한 유명한 카주라호Khajuraho 사원의 길고 늘씬한 조각상들과 비교해볼 때 둥글고 통통한 모습을 하고 있다.

사람과 신뿐만 아니라, 코끼리 · 공작새 · 사슴 · 뱀 등의 갖가지 동물들, 수레바퀴 · 커튼 · 체인 · 꽃 · 잎사귀 등의 문양들, 전쟁 · 사냥 · 결혼식 등 삶의 여러 장면들이 때로는 세밀하고 정교하게, 때로는 웅장하고 우람하게 자유자재로 묘사되어 있다. 태양 사원은 이 세상을 담고 있는 하나의 거대하고 찬란한 축제이다. 그 하나하나를 가만히 들여다보고 있노라면, 조각한 이들의 탁월한 솜씨는 물론이거니와 그들이 얼마나 지극 정성으로 작업해왔는지 절절히 전해져온다.

고개를 들어 상단 부분을 보면, 그 유명한 에로틱 조각상들이 있다. 대범하고 솔직한 청춘남녀들이 지어내는 각양각색의 애정 묘사는 너무나도 사실적이고 정열적이다. 단지 그 예술적 표현력뿐만 아니라 상상력 또한 정말 대단해서 나는 이미 여러 차례 보았는데도 매번 볼 때마다 새롭게 느껴진다.

언젠가 또 한 번 그 앞에 멈춰 서서 한참 동안 조각상들을 살펴보고 있을 때였다. 서양인 단체 관광객들이 옆으로 다가왔다. 그들을 통솔하던 인도인 가이드가 에로틱 조각상들에 대해 이것저것 열심히 설명하는가 싶더니 갑자기 곤란한 표정을 지으며 말끝을 얼버무렸다.

"음… 하지만, 저도 사실 이런 윤리적이지 못한 조각상들을 잘 이해할 수가 없답니다."

나는 깜짝 놀라서 그와 관광객들의 얼굴을 번갈아 보았다. 다들 별다른 의심이나 질문은 없는 것 같았고, 오히려 그들 사이에는 일종의 수긍과 동감이 형성된 듯했다.

그 후로도 나는 사원의 에로틱 조각상들에 대해 난처해하는 인도인들을 꽤나 여러 차례 만나게 되었다. 하물며 인도의 위대한 영혼 마하트마 간디Mahatma Gandhi도 에로틱 조각상들을 부끄러워했다지 않은가! 나는 인도인들의 그런 모습을 보게 될 때면 내가 오히려 당혹스러워 어쩔 줄 모르게 되고는 했다.

인도인들이 에로틱 조각상에 대해 음탕하고 악덕하고 부끄럽다고 인식하도록 가장 최근에, 가장 직접적으로 영향을 준 것은 역시 영국의 식민 통치와 기독교적 사고일 것이다. 동정녀로부터 구세주가 탄생하고, 십계명에 '간음하지 말라'고 강력하게 선포된 기독교의 시각에서 볼 때, 이 노골적인 성행위 조각상들은 타락한 종교와 민족의 산물임이 틀림없다.

이는 이슬람 쪽에서 보아도 매한가지이다. 이슬람교에서는, 신이란 인간의 언어나 형상으로 절대 담아낼 수 없다 하여 그 어떤 종교에서보다도 철저하게 신의 형상화를 금기시한다. 그러므로 그들은 기하학적이고 아름다운 무늬로 그들의 사원(모스크Mosque)을 장식한다. 이

런 시각에서 볼 때 힌두 사원을 메우고 있는 온갖 신상들이란 근본적으로 신을 욕되게 하고 있는 것인데, 하물며 벌거벗은 남녀들의 장난이라니!

한편, 남녀칠세부동석의 유교적 전통에 익숙한 사람들의 입장에서 볼 때도 이들은 역시 해괴망측하고 이해 불가한 것이다. 이처럼 힌두 사원의 에로틱 조각상들은 기독교·이슬람교·유교 또는 어떤 종교도 아닌, 힌두교의 철학적 맥락 속에서 살펴볼 때 그 가치가 제대로 이해될 수 있다.

여느 종교와 마찬가지로 힌두교에서 추구하는 생의 궁극적인 목표는 구원 또는 해탈이다. 그런데 여기서 눈여겨볼 점은 그 해탈이 인생의 다른 가치들, 그러니까 흔히 종교와는 거리가 멀어 보이는 가치들과 정면으로 충돌하지 않는다는 것이다. 힌두교에서는 인간이라면 마땅히 지켜야 하는 중요한 가치Purusartha에 네 가지를 말한다. 1) 욕망Kama 2) 부Artha 3) 의무Dharma 4) 해탈Moksa이 바로 그것인데, 이 네 가지 가치는 모두 골고루 행해지고 추구되어야 한다. 첫 번째의 정욕과 두 번째의 물욕은 억지로 부정되고 배제되어야 할 사항이 아니다. 오히려 그것을 제대로 이행하고 깊이 이해했을 때 네 번째의 해탈에 한층 더 가까워진다고 말한다. 그리하여 힌두교에서는 종교와 에로티시즘이 서로 큰 거부감 없이 섞일 수 있는 여지가 생긴다.

물론 성전에 에로틱 조각상이 새겨지기까지는 이러한 철학적인 요소 이외에도 다른 다양한 요소가 있었을 것이다. 여러 가지 설들이 있는데, 내게는 인구 감소에 관련된 사회학적 설명이 가장 설득력 있어 보인다. 오늘날에도 '오리사 불교Odishan Buddhism'라는 단어가 남아 있을 정도로 옛 오리사에는 매우 오랜 세월 동안 불교가 대단히 흥했다. 그로 인해 승려가 많이 배출되었고 자연적으로 혼인율과 출산율이 낮아지게 되었다. 또한 끊임없이 이어진 전쟁으로 인해 남자가 줄어들었다. 사원은 대중을 위한 학교의 역할도 담당하고 있었으므로, 불교 이후 힌두교가 힘을 갖게 되었을 때 사람들에게 다산多産을 장려하고 구체적으로 가르치기 위해 힌두 사원에 에로틱 조각상들을 새겨놓게 되었다고 한다. 여기에서 출가 중심의 불교와 재가 중심의 힌두교 사이에서 일어나고 있는 정치적 갈등과 견제의 모습도 볼 수 있다.

나는 다시 태양 사원의 조각상들을 바라본다.

인간과 인생에 대한 또 하나의 아름다운 해석과 표현들.

리듬에 몸을 맡긴 악사들과 무희들,

서로 부둥켜안은 연인들…

나는 저 찬란한 조각상들을

나의 몸짓으로 새겨내고 싶다.

나의 이 몸은 또 하나의 아름다운 태양 사원이리라…

태양 사원 축제

루드라켜Rudraksh 무용단

꼬나르꺼 축제 Konark Festival

• **공연일** 매년 12월 1~5일 www.orissatourism.gov.in

오리사 주정부가 주최하는 축제로 1989년부터 개최되었으며, 인도의 3대 무용 축제 중 하나로 불린다. 저 멀리서 은은하게 조명을 받고 있는 태양 사원이 무대의 배경이 되는 것이 특징이다. 오디시를 비롯하여 인도의 모든 고전무용들을 다양하게 볼 수 있다.

꼬나르꺼 나띠여 먼덥KNM 무용단

꼬나르꺼 무용·음악 춤제 Konark Dance and Music Festivall

• **공연일** 매년 2월 19~23일 www.konarkfestival.com

나의 스승님 고故 구루 겅가더러 쁘러단은 태양 사원과 그곳에 새겨진 조각상들의 완벽한 부활을 원하셨다. 그리하여 태양 사원의 형상을 그대로 본뜬 거대한 무대가 1986년부터 지금까지 계속해서 만들어지고 있으며 동시에 축제도 매년 열리고 있다. 고전 무용수들과 고전 음악가들이 이 무대에 서면 태양 사원의 아름다운 조각상들이 우리 앞에 살아나 춤을 추고 연주하는 것 같은 인상을 준다.

사원의 고장, 오리사Odisha/Orissa

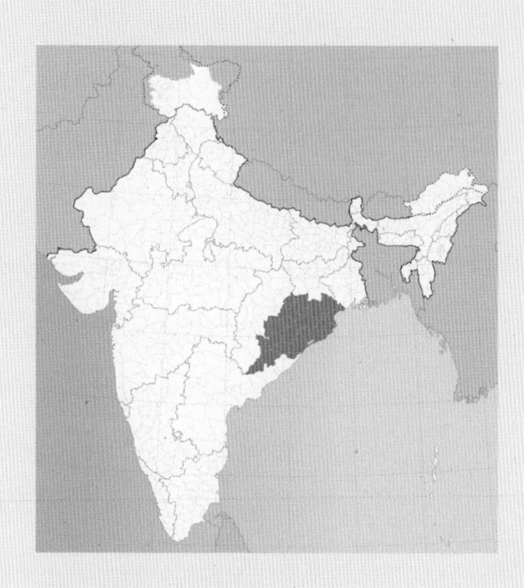

- **위치** 인도의 북동부에 위치하고 있으며, 동쪽에 벵골 바다가 흐른다.
- **면적** 남한의 약 1.5배, 한반도의 약 70%
  (인도의 전체 면적: 남한의 약 33배, 한반도의 약 15배)
- **주도** 부버네슈어러Bhubaneswar
- **인구** 약 4,000만 명 (대다수가 힌두교도임)
- **언어** 오리야Odia/Oriya

부버네슈어러 공항에서 길을 따라 나오다 보면 시내로 들어서기 전에 가장 먼저 보이는 간판이 있다. 바로 '사원의 도시에 오신 것을 환영합니다Welcome to The City of Temples'이다. 북인도의 모든 사원을 다 합쳐 놓은 것보다 오리사에 있는 사원의 수가 더 많다는 말이 있을 정도로 오리사에는 오래되거나 새로 만들어지고 있는, 크고 작은 사원들이 아주 많이 있다.

오리사 문화의 '황금 삼각지대'라고 불리는 꼬나르꺼Konark-뿌리Puri-부버네슈어러Bhubaneswar에 있는 가장 대표적인 사원으로는, 꼬나르꺼의 태양 사원Sun Temple, 뿌리의 져건나터 사원Jagannath Temple, 부버네슈어러의 링거라저 사원Lingaraj Temple, 묵떼슈어러 사원Mukteswar Temple 등이 있다.

힌두교 사원 외에도 불교 유적지가 여러 군데 있는데, 더울리Dhauli라는 곳은 어쇼꺼Ashok 왕이 잔혹한 핏빛의 껄링거Kalinga, 오리사의 옛 이름 전투 이후 더는 전쟁을 하지 않고 평화를 수호하는 불자가 되기로 결심한 곳으로 유명하다. 옛 오리사에는 불교가 매우 성했는데, 그 흔적을 럴리떠기리Lalitagiri, 러뜨러니기Ratnagiri, 우더여기리Udayagiri 등에서 찾아볼 수 있다. 그밖에 자이나Jaina교 사원 등도 여러 곳에서 볼 수 있다.

태양 사원 (꼬나르꺼, 13세기 중반)
사원의 색깔로 인해 뿌리의 져건나터 사원이 하얀 사원으로 불렸다면, 태양 사원은 검은 사원으로 불렸다고 한다. 이곳에서 실제로 뿌자Puja, 제사 또는 기도가 진행된 적은 한 번도 없다.

• 달

져건나터 사원 (뿌리, 12세기 초)
비슈누 신의 또 다른 형태인 져건나터 신과 그의 형 벌러버드러Balabhadra 그리고 그의 여동생 수버드라 Subhadra가 함께 모셔져 있는 가장 중요한 성전으로, 인도 전역에서 성지순례를 하러 모여든다. 오직 힌두교도만이 들어갈 수 있고 외국인의 출입은 철저하게 금지된다. 매년 6월이나 7월마다 신전 안에 모셔져 있던 세 분의 신이 마차를 타고 밖으로 나오는 유명한 축제, 러터 쟈뜨라Ratha Yatra가 열린다.

묵떼슈어러 사원 (부버네슈어러, 10세기 중반)
시바 신을 기리기 위해 지어진 사원으로 부버네슈어러에서 가장 아름다운 옛 건축물 중 하나이다.
특히 사원 바로 앞에 세워진 아치가 아름답기로 유명하다.

• 달

불교 수도원 (러뜨너기리, 6세기 초)
약 8세기부터 15세기까지 오리사에는 불교가 매우 번성했다. 그 흔적이 오리사의 전역에서 발견되는데, 특히 러뜨너기리에는 대규모의 대승불교 승단이 존재했음을 알 수 있다.

홀로 맛보는 황홀경

꼬나르꺼에서 부버네슈어러로 거처를 옮긴 후 처음 지냈던 곳은 한 단독주택 옆에 붙어 있는 원룸이었다. 어른 세 명이 누우면 꽉 찰 정도로 작은 방으로, 가만히 앉아 있어도 찜통 속에 들어앉은 듯 땀이 이마와 등을 타고 줄줄 흘러내렸다. 오가는 길목은 모두 울퉁불퉁한 흙길이라 비가 오면 길이 더 험악해져서 자전거로 돌아다니기에는 엉덩이가 무척 아팠다.

그즈음 나는 처음으로 한 인도 회사의 행사를 위해 오디시 공연의 기획을 맡게 되었다. 기획서와 해설서 작성, 레퍼토리와 무용수 선정, 직접 춤을 추고 진행까지 보는 일이었다. 석 달에 걸쳐 일을 마쳤을 때 그렇지 않아도 고되던 오리사의 일상에 극도의 피로감까지 더해져 나는 완전히 녹초가 되어버렸다.

그러자 나는 갑자기 오리사에서 벗어나고 싶어졌다.

갑자기 대도시가 그리워졌다. 높은 현대식 빌딩, 에어컨으로 시원한 실내 공기, 세련된 매너와 멋진 옷차림의 사람들, 우아한 인테리어와 은은한 조명…

그리하여 나는 도망치듯 서둘러 기차를 타고 24시간 만에 델리에 도착했다.

일단 배낭여행자들이 묵는 빠하르간즈Paharganj에 숙소를 정했다. 그런데 우연히 신문을 보니, 책에서만 보았던 아주 유명한 오디시 스승의 공연이 마침 다음 날 저녁에 있다는 것이었다. 오, 이런 행운이! 그리고 과연, 설레는 마음으로 기다렸던 델리의 공연은 오리사와는 색다른 분위기에서 이루어졌다. 나는 그에 흠뻑 취해 시간 가는 줄 모르고 기나긴 공연을 모두 지켜보았다. 공연장 밖으로 나와 정신을 차렸을 때는 이미 몹시도 배가 고픈 상태였다. 그러나 도시를 만끽하기 위해 작정하고 델리에 온 만큼 아무데서나 저녁을 먹을 수는 없는 일! 나는 시가지 한복판에 자리한 최고급 호텔의 유명한 정통 프렌치 레스토랑에 가기로 결정했다.

고풍스런 새하얀 건축물, 터번과 하얀 제복 차림으로 정중히 인사하는 정문지기 아저씨들, 어둡고 은은한 조명 속의 흑백 사진들, 하얀 식탁보 위에서 투명하게 빛나는 커다란 와인글라스. 흐뭇한 미소가 절로 나왔다. 하지만 복잡하게 적혀 있는 메뉴는 한 번에 잘 알 수가 없었다. 나는 이미 너무 허기져 있었으므로 누구에게 물어보고 할 것도 없이 메인 요리로 생선을 주문하고, 전채는 운에 맡긴 채 하나를 선택했다. 내심 어떤 전채 요리가 나올지 매우 궁금하고 기대되었다.

얼마 후, 드디어 수수께끼의 전채가 내 앞에 모습을 드러냈다.

그런데… 이건??? 겨자색 푸딩 같은 것이 고작 5센티미터 정도밖에 안 되는 자그마한 은 식기에 담겨 나온 것이었다. 아무리 프랑스식이라고 하지만 소꿉놀이를 하고 있는 것도 아닌데 너무 작다는 생각이 들었다. 하지만 어찌하랴? 나는 별다른 기대 없이 은 숟가락으로 한 스푼 떠 넣었다. 그런데 음식이 혀에 닿는 순간, 나는 전율하고 말았다. 푸딩과 함께 마치 내 살이 녹아드는 것 같았다. 이것은 진정 무엇이란 말인가? 한 스푼 또 한 스푼, 나는 마지막 한 스푼까지 아주 천천히 감촉을 음미했다.

다음 음식이 나왔다. 나는 메인 요리가 나왔다고 생각했다.

그런데 커다랗고 둥근 하얀 식기에 놓여 나타난 것은 손바닥의 반도 채 못 되는, 차곡차곡 쌓인 세 덩어리의 검은 무엇이었다. 오, 당신들이 아무리 양보다 질을 우선으로 한다고 해도 오늘 밤의 배고픔을 어찌 이 적은 양으로 달랠 수 있으리오? 나는 또다시 너무 적은 양에 대해 한숨지으며 포크와 나이프를 들었다. 그런데 한 조각을 베어 입에 넣는 순간, 조금 전보다 한층 더 진지하고 더 깊은 감미로움이 온몸을 감쌌다. 그것은 맛있다, 정말 맛있다, 맛 좋다, 달콤하다, 훌륭하다, 기막히다, 빼어나다, 완벽하다, 아름답다 등의 어떤 형용사로도 또는 어떤 언어로도 설명될 수 없는 것이었다. 나는 그만 말을 잃어버렸다. 그저 감사와 신비로움만으로 한 조각 또 한 조각 조용히 몸속으로 받아들일 뿐이었다.

조금 후, 생선 요리가 식탁 위에 놓였다. 나는 그때서야 비로소 메인 요리로 생선을 주문했었다는 사실을 기억해냈다. 그러니까 이전의 두 음식이 하나의 전식이었던 것이다. 하지만 뭐가 어찌 되었든 상관없었다. 나는 이미 미지의 전식 요리로 인해 다른 세상으로 떠나와 버렸다. 이제 어떤 음식이 놓이든, 누가 무어라 말을 걸든, 아무것도 상관없었다. 그저 모든 것이 감사했다. 나도 모르게 얼굴 한가득 미소가 지어

붉은 알코올을 마시든,
타들어가는 담배 연기를 보든,
낙엽 구르는 소리를 듣든, 비 내리는 소리를 듣든,
잠을 자든, 여행을 가든,
홀로 있을 때 느껴지는 **황홀감**이 있다.

질 뿐이었다. 그것은… 미각 오르가즘이었다.

도대체 그것은 어떤 경로를 통해 내게 주어졌을까? 나는 다시 그 황홀감을 만나고 싶었다. 동일한 조건이라면 동일한 결과를 얻을 수 있지 않을까 하는 생각에 그 후 다시 같은 곳에서 같은 음식을 먹어보기도 했다. 그러나 그저 그럴 뿐이었다. 하기야 같은 음식점, 같은 메뉴, 같은 요리사라 할지라도, 음식을 만들 때 요리사의 기분과 재료의 상태가 다르고, 그것을 먹는 나의 상태 그러니까 음식을 맛보기 전에 무엇을 보았고, 누구를 만났으며, 어떤 일을 하다 왔는가, 심지어 어떤 옷을 입고 있는가 하는 것이 모두 그때그때 다를 수밖에 없다. 그러므로 느낌과 기운도 달라질 수밖에 없다. 이 세상에 완벽하게 동일한 조건이란 있을 수 없는 것이다. 그러므로 황홀경을 만나는 법칙이라는 것도 세우기 어렵다.

단, 그럼에도 불구하고 말할 수 있는 것들이 몇 가지 있는 것 같다.

넘쳐나는 물질적 풍요와 무절제한 자유는 이 황홀감의 도래를 가로막는다. 오히려 부족한 것이 있어 갈망이 생겨나고 원願이 세워질 때 그리고 오래도록 발효된 인내와 노력이 절정에 이를 때, 정제된 기쁨이 폭발되어 나온다.

만약 내가 오리사의 작고 허름한 방에서 매일같이 땀을 뒤집어쓰며 전깃불이 아닌 촛불에 의지하고 홀로 누워 열병을 견디지 않았다면, 주변의 훌륭하고 감사한 존재들의 진정한 가치를 지금보다 잘 알기는 힘들었을 것이다. 그리고 그만큼 어떤 좋은 것을 만났을 때 그것을 알아볼 수 있는 느낌과 힘도 줄어들었을 것이다.

그리고 또 하나, 붉은 알코올을 마시든, 타들어가는 담배 연기를 보든, 낙엽 구르는 소리를 듣든, 비 내리는 소리를 듣든, 잠을 자든, 여행을 가든, 홀로 있을 때 느껴지는 황홀감이 있다. 음식을 누군가와 함께 먹을 때는 상대방과의 관계 속에서 채워지는 충족감, 함께한다는 행복감이 있다. 하지만 그와는 또 다른 차원에서 음식과 내가 단 둘이서 마주앉았을 때 내 안으로 다가오는 그 무엇이 있다. 누군가와 동반할 때는 음식 자체가 아니라 상대방에게 집중하기 때문에 이 느낌이 줄어들 수밖에 없다.

혼자 있을 때의 고독감. 내 옆자리가 비어 있을 때 비로소 내 앞에 놓인 음식, 내 몸에 와 닿는 바람, 내 손에 쥐어진 담배 한 개비, 내 눈앞에 내리고 있는 비가 본래의 모습을 드러낸다. 살아 있는 존재, 속삭이는 당신이 된다. 그렇게 살아 있는 그들을 듣고, 보고, 맡고, 먹고, 느끼고, 생각할 때 온몸이 녹아들며 찰나의 영원을 다녀오게 되는 것이다.

홀로 꿈꾸는 황홀경

나는 부버네슈어러 내에서 다시 이사를 했다. 이번에는 훨씬 좋은 지역의 주택가에 자리한 집이었다. 집에는 널찍한 거실이 있어서 벽에 커다란 거울을 붙여놓고 춤 연습과 수업을 할 수 있었고, 내 방 외에도 방이 하나 더 있어서 한국에서 놀러온 친구들이나 외국인 오디시 무용수들이 머물 수 있었다.

이사를 하고 얼마 지나지 않아 거네셔 뿌자Ganesh Puja, 거네셔 신을 기리는 제사 또는 기도 의식 날이 다가왔다. 내 춤 선생님들 중 한 분이 그날 우리 집에서도 거네셔 뿌자를 지내는 것이 어떻겠냐고 물으셨다. 거네셔는 코끼리 머리와 불룩한 배를 지닌 신으로, 앞에 놓인 장애물을 없애주고 풍요로움을 가져다주는 것으로 유명하다. 그렇기 때문에 특히 무언가를 시작할 때 그러니까 하루를 여는 아침에, 상점을 열 때, 신상품을 내놓을 때 등에 사람들이 가장 많이 기도드리는 신이다. 선생님은 내가 새로운 곳, 좋은 집으로 이사한 것을 축하하고 앞날을 축복하자는 의미에서 거네셔 뿌자를 제안하셨던 것이다.

아주 좋은 생각이었다! 나는 다른 사람들의 집이나 길거리에서 지내는 뿌자에 들러 잠깐씩 도와주거나 동참한 적은 있었지만 이렇게 뿌자를 처음부터 직접 준비해본 적은 한 번도 없었으므로 유난히도 마음이 설레었다.

가장 먼저 할 일은, 그날 우리 집에 와줄 수 있는 사제(힌두교식 제사를 주관하는 제사장)를 구하는 일이었다. 거네셔 뿌자 당일에는 많은 사람들이 거네셔 뿌자를 지내기 때문에 사제가 부족하다. 물론 사제에게 주는 수고비도 보통 때보다 더 많이 지불해야 한다. 나는 이리저리 며칠간 수소문해서 힘들게 한 사제의 약속을 받아낼 수 있었다.

그다음으로, 수많은 뿌자 용품을 준비했다. 각종 색깔의 파우더, 흙, 나무토막, 질그릇, 코코넛, 우유, 알록달록한 천, 붉은 팔찌 등 이름도 알 수 없고, 무엇으로 만들어졌는지도 잘 알 수 없는 여러 가지 작은 물건들을 재래시장의 뿌자 용품점에서 상인들의 도움을 받아가며 직접 골랐다.
같은 용도의 물건이라 해도 어떤 디자인, 색상, 가격으로 할지 생각하며 직접 고르니 평소에 그냥 보고 지나칠 때와는 새삼 다른 느낌이 들었다.

뿌자 날이 되었다.

나는 아침 일찍 눈을 떴다. 천천히 숨을 가다듬고, 요가로 몸을 정리한 후, 머리끝부터 발끝까지 정성 들여 몸을 씻었다. 그러고는 챙겨두었던 새 사리를 입고, 시간을 들여 화장을 했다. 뿌자의 전과 후에는 육식을 하지 않고 더 나아가 단식을 하므로 나도 이에 따라 물만 마셨다. 그 전날 이미 집 안을 깨끗하게 청소해놓았지만 일하는 아줌마에게 다시 한 번 쓸고 닦기를 당부했다. 그렇게 만반의 준비를 하고서 사제와 선생님이 오시기를 기다렸다.

약속 시간이 되자 선생님이 도착하셨다. 그런데 삼십 분이 지나고, 한 시간이 지나고, 또 한 시간이 지나도 사제가 나타나지 않았다. 몇 차례 전화를 걸어보았지만 감감무소식. 급기야 선생님이 직접 사제를 찾으러 나가셨고, 결국 우리 세 명은 늦은 오후가 되어서야 한자리에 모일 수 있었다.

모두가 자리를 잡고 앉아서 막상 의식에 들어가려 하는데, 사제가 준비된 물건들을 이리저리 살펴보더니 가장 중요한 물건인 소의 똥이 빠졌다며 나를 힐끗 쳐다보았다. 소똥? 꿈에도 생각해보지 못했던 준비물이었다. 나는 그것이 꼭 필요한 것인지, 없으면 절대로 의식을 치를 수 없는 것인지 울상을 짓고서 물어보았지만 돌아오는 대답은, '반드시 필요하다!'였다. 그리하여 나는 헐레벌떡 밖으로 뛰어나가 길가에 떨어져 있는 소똥을 나뭇잎 위에 동그랗게 담아왔다.

드디어 본격적으로 뿌자가 시작되었다.

나는 제사의 의뢰인으로서 사제 옆에 앉아 그가 시키는 대로 진언眞言을 외우기도 하고, 물을 손바닥에 받아 조금 마신 후 머리 위에 떨어뜨리기도 하고, 꽃잎과 쌀과 기름을 타오르는 불길 속에 던져 넣기도 하고, 손가락에 지푸라기로 만든 반지를 차기도 하면서 절차를 하나하나 밟아나갔다. 복잡한 의식은 두 시간이 넘도록 진행되었지만 지루하기는커녕 너무나도 신기하고 재미있었다. 나는 뿌자 내내 온 마음을 다해 감사드리고 안녕을 빌었다.

뿌자를 마치고 모두가 돌아갔을 때 밖은 이미 깜깜해져 있었다. 긴장이 풀리면서 피곤함과 허기가 밀려왔다. 나는 간단하게 과일로 배를 채운 후 쓰러지듯 일찍 잠이 들었다.

그날 밤.

나는 불현듯 잠에서 깨어났다. 감겨 있던 눈이 번쩍 떠졌는데, 내 몸이 이상했다. 강렬한 에너지, 이루 말할 수 없는 강렬한 에너지가 내 몸속에 꽉 들어차 있었었다. 그것은 비유가 아니라 내 몸 안에서 생생하게 일어나고 있는 현실이었다. 몸통뿐만 아니라 손톱과 발톱 끝까지 가득 들어서 있는 그 강렬한 에너지는 굉장히 또렷하고 세세하게 인식되었다. 알 수 없는 무언가가 수면 상태에서 서서히 충전되다 더 이상 한 치도 들어설 수 없을 만큼 최대치에 이르자 몸이 터져버릴 것 같아 그 분출구로 눈이 번쩍 뜨인 것 같았다.

나는 의식적으로 조절해볼 일말의 기회도 없이 전적으로 몸이 먼저 반응하는 상태 그리고 부분적인 전율이나 감동이 아니라 총체적으로, 그야말로 나눠지지 않은 백 퍼센트 통째로 무언가를 느끼고 있는 몸의 상태에 몹시도 당황했다. 도대체 어떻게, 어떻게 해야 할지 몰랐다.

그러다 나는 겨우겨우 다시 잠이 들었다.

그런데 이번에는 꿈을 꾸었다. 나는 손, 발, 입, 눈 등이 죄다 꽁꽁 묶여 꼼짝도 할 수 없는 상태였는데, 검은 우주 속에서 혼자 둥둥 떠 있었다. 내 마음대로 몸을 움직일 수 없었지만, 나는 너무나도 자유로웠다. 나는, 끝없이 펼쳐진 검은 우주 속에서 영원한 수동성의 자유로움이었다. 온몸이 꼼짝도 할 수 없었지만, 괴로워서 발버둥치거나 어서 해방되려 하거나 그럴 필요가 없었다. 나는 포근하고 따스했으며, 의심과 불안이라고는 티끌만큼도 찾아볼 수 없는 안심安心 속에서 머물고 있었다.

내가 그때까지 생각해왔던 자유란, 속박되기보다는 주체적이고, 수동적이기보다는 적극적이며, 타인이 아닌 내가 선택하는 것이었다. 그런데 나는 이와는 완전히 대조되는 상황에서 차원이 다른 자유로움과 대면하고 있었다. 누군가에게 또는 무엇인가에 나를 온전히 의탁했을 때 펼쳐지는 자유의 평원…? 문득, 보이는 것은 모두 변하므로 보이지 않는 것에 의지하라던 어머니의 말씀이 떠올랐다. 끊임없이 변하고 있는 이 세상과 사람들에게 나를 완전히 맡긴다는 것은 어찌 보면 애초부터 불가능한 일일 수도 있다. 하지만 우주의 법에 온전히 귀의한다면 그렇게 평온해지는 것일까?

잠에서 깨어난 이후에도 그 여운이 아직 내 몸에 남아 있어 꿈에서 일어난 일 같지 않았다.

나는 곰곰이 생각해보았다. 어떻게 그런 일이 일어났을까? 혹시 거네셔 뿌자 때문에? 그렇다면… 제사 신비주의? 어떤 제사나 기도 의례가 베다Veda 문헌에 따라 철저하고 정확하게 거행될 때 '초월적이고 신비스러운 제사의 힘'[o]이 발휘된다고 하는 그 '제사 신비주의'가 내게 나타난 것일까? 나는 고개를 설레설레 저었다. 나는 제사 신비주의를 언급할 정도로 까다롭고 대단한 뿌자를 지낸 것도 아니지 않는가.

하지만 순수한 우연이란 없는 법.

어떤 운명이나 원인이 우연이라는 이름으로 나타나고는 하는 법. 다시 찬찬히 생각해보면, 그날은 여느 날과는 많이 달랐다. 나는 며칠 전부터 줄곧 거네셔 뿌자를 생각하며 무척이나 기대에 차 있었고, 당일에는 아침 일찍부터 금식을 비롯해서 만반의 준비를 했으며, 하루 종일 뿌자가 시작되기를 애태우며 기다렸다. 뿌자가 진행되는 동안에는 단 한 순간도 놓치지 않고서 기도에 집중했다. 지극 정성으로 마음과 행동을 모으면 보이지는 않지만 그 에너지가 내 안에 차곡차곡 쌓이게 된다. 그것이 잠이라는 무의식의 통로를 통해서 모습을 드러낸 것일까?

그렇다고 거네셔 뿌자를 똑같이 재현하거나 아니, 더욱 성대하고

[o] 수렌드라나트 다스굽타, 『인도의 신비사상』, 오지섭 역, 영성생활, 1997, 41쪽

성의 있게 올린다 해도 자동적으로 그런 일이 일어나지는 않을 것이다. 그것은, 내가 미처 다 헤아릴 수 없는 그날의 우주의 기운과 그날의 내 기운이 만나서 빚어지는 무엇이리라. 나로서는 그 신비를 일부러 만들어낼 방법이 없다. 나는 단지 그것을 기억하며 좋은 에너지를 간직하고, 일상에서 깨어 있고자 노력할 뿐이다.

어느 순간 다시금 나를 찾아올 내 안의 황홀경을 기다려본다.

열정의 가출

열정이 종적을 감추었다.

연기처럼 한순간 온데간데없이 사라졌다.

의지는 허무하기 이를 데 없다.

나의 열정은 일 년에 한 번씩 정기적으로 가출을 한다. 나는 그때마다 죽음을 경험한다. 눈과 귀와 뇌는 깨어나 있지만 나에겐 아무것도 할 의사가 없다. 사람을 만나는 일은 애당초 생각해볼 수도 없고, 누웠던 자리에서 일어나 앉는 것도, 먹거나 마시는 것도, 몸을 씻는 것도, 책을 읽거나 음악을 듣는 것도, 아무것도 할 수가 없다. 내가 여기에 왜 있는 것인지 도대체 알 수가 없다. 모든 것이 안갯속처럼 흐릿하고, 지루하다. 나는 무거운 몸을 간신히 일으켜 화장실에만 느릿느릿 다녀온다. 잠은 자고 또 자도 끊임없이 쏟아진다. 몸은 미동 없이 하루 종일 침대에 누워 있어 못으로 박혀버린 듯하다. 어렸을 적 읽었던 염상섭의 「표본실의 청개구리」와 과학 시간에 해부했던 시커먼 개구리의 모습이 떠오른다. 춤·노래·장단은 이미 마음속에서 흙으로 덮여버렸고, 이따금씩 번개처럼 떠오르는 시구가 머릿속을 맴돌다 이내 사라진다. 나는 어느새 다시 잠이 든다. 그렇다. 사람들은 이것을 슬럼프라고 부르는 것 같았다.

오리사에 3월이 다가오면 온도가 40도 이상으로 올라가기 시작한다. 그러면 나는 한국의 파릇파릇한 새싹과 기분 좋은 봄바람을 상상하며 서울행을 준비하기 시작한다. 하지만 막상 한국에 와서 쉴 새 없이 무대 뒤와 위를 오가며 공연을 하고, 여러 사람들을 연이어 만나며 바쁘게 지내다 보면, 어느새 돌아갈 때가 되어 있다. 나는 이제 다시 인도로 가는 짐을 꾸린다.

인도에 도착해서는 다음 해 봄까지 지낼 생활을 위해 크고 작은 여러 가지 일들을 준비하며 당분간 계속해서 소란스럽게 지낸다. 그렇게 정신없이 모든 준비를 마치고 나면, 나는 드디어 나에게 집중할 수 있는 고요한 시간과 홀로 된 공간 그리고 규칙적인 일상을 맞이하게 된다.

그런데 이상하게도 막상 그 안정권 속으로 들어가면 들어갈수록 나는 허공 속으로 빠져든다. 새로운 출발을 다짐하며 품었던 기대와 열의는 점점 풍선의 바람이 빠지듯 쪼그라들고, 즐겁고 신나기보다는 기운이 빠진다. 그리고 얼마 지나지 않아 냉랭하게 텅 빈 가슴을 본다. 나는 차갑고 육중한 철문에 둘러싸인 검은 적막 속에 존재한다. 나는 그 속에서 애써 외로운 면벽 수행을 수차례 시도해본다. 그러나 열망과 욕망이 사라진 곳에서는 모든 것이 소용없다.

처음에는 당황스러웠다. 바위처럼 굳건하고 변함없는 마음으로 연습하고 꺼지지 않는 예술혼으로 삶을 불살라야 한다고, 절대적 절망과 고독마저도 작업으로 승화시켜야 한다고 나를 몰아쳤다. 그러나 그러면 그럴수록 자기혐오, 자기증오, 자기환멸이 커질 뿐이었다. 선생님들은 내가 귀국한 후 몇 번인가 모습을 나타내다 어느 날 갑자기 다시 사라지자 나를 염려하셨다. 그러나 그것도 소용없었다. 시간은 나와 상관없이 잘만 흘러가 한 달이 훌쩍 지나가 버렸다.

내가 드디어 무용원에 모습을 드러내자 선생님 한 분이 믿을 수 없다는 듯 "한 달 동안 잠만 잤단 말이냐?" 하며 농담조로 물으셨다. 그러나 나는 진심으로 그렇다고 대답할 수밖에 없었다. 타악기 머르덜라의 거장 버누 스승님은 그런 내 모습을 보시더니 짧게 한 말씀하셨다.

"빛나야, 네 가슴속의 불이 꺼져버렸구나."

정곡을 들켜버린 나는 그만 눈물을 글썽였다. 노스승님은 당신의 그 두툼하고 굳은살이 단단하게 배인 손으로 내 손을 잡으시더니 말씀하셨다.

"매일 일정하게 연습하면 다시 돌아올 게다."

사라진 열정을 어떻게 다시 살릴 것인가?

나는 갖은 방법을 다 동원해본다. 온 힘을 끌어 모아 새로운 곳으로 무작정 여행을 떠나보기도 하고, 보다 쉽게 주의를 환기시킬 수 있는 강렬한 영화나 책을 보기도 한다. 지난날 써놓았던 글들을 다시 읽어보기도 하고, 기도와 명상에 더욱 집중하기도 하며, 가장 신뢰하는 친구들과 기나긴 통화를 하기도 한다.

내가 나 자신을 다그치기만 할 때 나를 보듬어주는 이들은 친구들이다. 한 친구는, 오래된 허물을 벗어버리지 않으면 죽어버리는 뱀, 정기적으로 허물을 벗는 뱀에 나를 비유했다. 허물을 벗어야 할 시기가 오면 뱀은 안쪽의 새 살이 완전히 자라나 바깥의 헌 껍질이 벗겨질 때까지 꿈쩍 않은 채 고통을 견뎌낸다고 한다. 그러나 일단 낡은 허물을 벗고 나면 뱀은 더 굵고 아름다워진다.

"난 아는데… 넌 왜 그걸 모르니? 그건… 다른 거야. 네가 그냥 고개를 한 번 돌렸을 뿐인데, 무언가가 다른 거야. 말하자면, 네 눈동자, 눈망울이 더욱 깊어져 있는 걸 보게 되는 거야."

나는 위로를 받는다. 내가 모르는 나의 아름다움에 대해 들으며 잠시 웃어보기도 한다. 하지만 내부에서 해결되지 않은 불안은 어딘가에 조용히 잠복해 있다가 다시 모습을 드러낸다. 스스로 소화해내지 못한 새로운 변화, 새로운 아름다움이란 벽에 장식되어 있는 보기 좋은 그림에 불과하다. 이 모든 문제를 만들어낸 열정이 밉기만 하다. 하지만 잘 생각해보면, 사실 나는 늘 고분고분 말 잘 듣는 사람들보다도 골칫덩어리지만 자기주장이 뚜렷하고 용기 있는 사람들을 응원해왔다. 열정 또한 내가 길들일 수 있는 것이라면 그것은 차라리 처음부터 진정한 열정이 아니었을지도 모른다.

뱀의 비유를 말했던 친구가 또다시 말을 이었다.

"빗나갈 수 있다는 건 중심이 있다는 거 아니겠어?"

나로부터 일탈을 일삼는 열정, 나를 향해 불언직행의 시위를 감행하는 열정, 그 정도라면 역으로 꽤나 믿음직하지 않은가? 나는 그 열정을 믿고, 기다려보기로 한다. 사라졌던 열정은 스스로 돌아올 것이다.

나의 오랜 친구들 중, 자신의 길을 찾는다고 유난히도 이리저리 많이 방황하던 친구가 한 명 있다. 한번은 요즘 뭐하고 지내냐고 묻자, 친구가 대답했다.

"뭘 하고 지내는가는 별로 중요한 게 아닌 것 같아. 중요한 건, 내가 어떤 상태에 있느냐 하는 거야."

나는 그 말을 듣는 순간 방망이로 한 대 얻어맞은 것 같았다. 그 말이 굉장히 인상적이고 신선하게 들렸던 이유는, 초점이 '무엇'이 아니라 '어떻게'에, '행위'가 아니라 '존재(의 상태)'에 정확히 맞춰져 있었기 때문이다.

> 본질적 인간에게는 행위가 문제가 아니라 존재가 문제이다. 그에게는 존재가 행위에 우선한다. 중요한 것은 우리가 무슨 행위를 하느냐가 아니라 우리가 어떤 존재인가이다.[a] 사람은 무엇을 해야 할지 그렇게 걱정할 필요가 없다. 오히려 어떤 존재의 인간인지를 걱정해야 한다. 행위가 우리를

[a] 길희성, 『보살 예수』, 현암사, 2004, 294쪽

거룩하게 만드는 것이 아니라 우리가 행위를 거룩하게 만든다.[a]

열정이 사라진 시기는 바로 근본적인 내적 변화, 존재의 변형을 가져오는 시기인 것 같다. 설령 몸과 행위가 일시적으로 정지된다 하더라도 내면은 뭔지 모를 것으로 인해 끙끙 앓고 있다. 내 온 존재는 무언가와 씨름하며 땀 흘리고 있는 것이다. 꼼짝 못하거나, 잠만 계속 자거나, 눈이 뜨이지 않거나, 엉엉 울거나, 어딘가가 아프거나 하는 것은 또 다른 열정을 낳기 위한 산통이자 더 큰 열정을 향한 성장통이다. 그것은 진정한 나에게 더욱 가까이 가기 위한 하나의 의식儀式, 나만의 고유 의식이다.

내면이 꽉 차게 되면 그 속의 헌 것을 바꿔야 하기 때문에 내면은 불만의 소리를 높인다. 지난 경험들은 이미 피와 살로 모두 저장되었으니 이제 껍데기는 더 이상 지니고 있을 필요가 없다고 요구한다. 지금이 바로 딱딱하게 굳어버린 껍질을 깨고 다시 새로운 속살을 만들어낼 시간이라고 외친다. 지나간 것에서 벗어나라고 신호를 주는 것, 그것이 바로 열정의 가출이다.

[a] Josef Quint, *Meister Echehart : Deutsche Predigten und Tractate*(Munchen : Carl Hanser Verlag, 1963), 57쪽을 길희성, 『보살 예수』, 294쪽에서 재인용

지금이 바로 딱딱하게 굳어버린 껍질을 깨고
다시 새로운 속살을 만들어낼 시간이라고 외친다.
지나간 것에서 벗어나라고 신호를 주는 것,
그것이 바로 열정의 가출이다.

내 안의 은밀한 존재는 한창 탈바꿈 중이지만 일상적이고 습관적인 나는 이를 아직 알 리가 없으므로, 마냥 어지럽고 아프고 괴로운 것이다. 이 진통을 견뎌내는 시간은 결코 낭비되는 시간이 아니다. 물론 매일매일의 내공도 중요하지만 이것은 전혀 다른, 측정 불가능한 시간이다. 한순간의 영감과 한순간의 꿰뚫어봄을 가장 가까이서 품고 있는 시간이다. 이와 같이 인식하고 받아들였을 때 비로소 나는 나 자신을 닦달하고 몰아세우는 것을 그만둘 수 있었다.

그러던 어느 날, 뱀의 탈피된 몸을 경험하게 되었다. 나는 간신히 슬럼프에서 빠져나와 수업을 나가기 시작했다. 무용수들이 자리에 열을 맞추어 서자, 머르덜라 장단이 들려왔다. 간단한 몇 가지 연습 동작이 오갔다. 그때 문득, 무언가가 달라졌음이 아주 미세하지만 확연하게 느껴졌다. 몸의 산뜻함과 가벼움, 공기의 여운, 눈동자의 느낌, 턱의 느낌, 손가락의 느낌, 리듬을 타는 느낌, 내 속으로 빠져드는 느낌, 그 모든 것이 한순간에 다르게 느껴졌다. 왜 이런 느낌이? 어떻게 이런 느낌이? 스스로 느끼고 있으면서도 놀라울 따름이었다.

나를 허물어트렸던 그 무엇으로 인해 나는 더할 나위 없이 생기 있게 되어 있었다.

열정이 사라진 나날이 지속되면, 영영 그 속에서 헤어나지 못하는 것은 아닐까, 열정이 다시 돌아오지 않는 것은 아닐까, 두려워하며 지난날의 뜨거움을 살려내고자 노력하게 된다. 그러나 되살리기 운동을 아무리 열심히 해본들 예전의 모습으로 돌아갈 수는 없다. 내 존재는 이미 변화 속에 있으므로 차라리 이전의 열정은 한쪽에 내려놓는 편이 낫다. 진통을 겪다 보면 나는 나도 모르는 사이에 변해 있고, 이전의 나와는 또 다른 사람이 되어버려, 이전의 방식보다는 이미 변해버린 방식에 더 가까이 가려는 성향과 움직임을 갖게 된다. 즉, 지금 걱정하는 것은 나중에는 걱정거리가 되지 않는다. 나는 그 변화된 삶을 계속 살아나가면 될 뿐이다.

내가 해야 할 일이란, 아주 어렴풋하게나마 그 사라진 열정을 믿는 것이다. 사라진 보물, 사라진 열정을 믿는 것은 나 자신을 믿는 것이다. 내 존재를 진심으로 믿어주는 것이다. 이 상태에서 벗어날 것이라는 증거가 하나도 없지만, 아니 어쩌면 증거가 없기 때문에 '믿는다'는 표현이 더욱 맞을 것이다. 믿음과 증거란 애초부터 별반 상관없는 사이가 아니던가. 점점 성숙해진다는 말은 나에 대한 믿음이 점점 두터워지고 단단해지는 것을 의미하는 듯하다. 무릇, 가출에서 돌아온 자는 한층 더 성숙해져 있는 법 아니던가.

인도적 여유?

돌이켜 생각해보면, 나는 어렸을 때 계획 세우기 또는 계획적으로 시간 활용하기에 대한 교육을 무척이나 많이 받아왔다.

어머니는 정작 내 학업과 성적에는 별달리 관심을 두지 않으셨지만 이따금씩 나와 반드시 함께 책상 앞에 앉아, 시간 단위로 쪼개어진 하루, 한 달, 한 학기의 계획을 세우고 그에 따라 그림 시간표와 체크 용지를 만들어주셨다. 나는 매일매일 각각의 실행한 사항들을 동그라미 · 세모 · 가위표로 표시해나갔다. 나의 일과란 통학-야외 놀이-피아노 연습-미술 학원-숙제-일기 쓰기-기도 등으로 단순했지만, 밖에서 신나게 뛰어노는 시간과 활동까지도 버젓이 하나의 계획으로서 그 계획표 속에 포함되어 있었다. 그런 교육 때문인지, 나는 지금도 무언가를 결정하고 나면 복잡하고 정밀하게 그려진 설계도처럼, 그것을 위해 무엇을 해나가야 하는지 종류별·시기별·단계별로 나뉜 계획표가 한 눈에 쫙 그려진다. 나도 모르는 사이에 말이다.

내게 주어진 시간을 어떻게 활용해야 하는가?

새벽에 일어나 스스로 정해놓은 규율에 따라 행동하고, 그렇지 못한 경우에는 자책하고 반성해야 했다. 게으름과 시간 낭비는 용서받지 못하는 것이었고 일명 시간은 금, 아니 그보다 더더욱 중요한 것이었다. 휴식이란 그 자체로서 의미를 지닌다기보다 언제나 다음 활동을 위해 잘 쉬어가야 하는 중간 지점이었다. 나는 그렇게 나 자신이 부지런한 사람인 줄로만 알았고 또 은연중에 그것을 자랑스러워했다.

어느 책 한 권을 만나기 전까지는.

『근대성의 구조』[a]

그 책은 대학 시절 내게 가장 큰 영향을 주었던 몇 권의 책들 중 하나로, 내 삶에 일대 혁명을 가져왔다. 책을 한 장 한 장 넘길수록 나는

[a] 이마무라 히토시, 민음사, 1999

'근대성의 구조' 속에서 나를 발견했다.

'나'라는 사람이 지니고 있던 성향과 행동 패턴이란 나만의 고유한 특성이나 개인적인 환경에 의한 것이라기보다 오히려 근대성이라는 하나의 시대적 특성을 고스란히 반영하고 있는 것이었다. 나는 이루 말할 수 없이 충격을 받았다. 나는 어떤 부분에 있어서 전형적인 근대인이었다.

첫째, 원하는 목표를 정확하게 정한다.
둘째, 시간을 꼼꼼히 분할하여 가장 체계적이고 효율적인 계획을 세운다.
셋째, 빈틈없이 실천한다. 만에 하나 어긋날 경우 반성하고 더욱 철저하게 단련하여 다시는 실수가 없도록 만든다.
넷째, 시간과 노동(노력)의 비례 그래프에서 예상했던 발전과 성장이라는 성과물을 얻는다.

내가 생각하는 나란 항상 부족한 사람이었다. 나는 언제나 부족한 나를 닦달하고 들볶아댔다. 나는 내 존재를 있는 그대로 받아들이지 않았다. 가만히 내버려두지 않았다. 나는 쉴 새 없이 달려가기만 하는 괴물의 체제 속에 있었다! 여태껏 내 인생을 이런 방식으로 보내고 있었다고 생각하니 끔찍했다. 스스로 행하고 있으면서도 자각하지 못했던 나. 이 아름다운 세상에 태어나서 무엇 때문에 그런 자기학대의 방식으로, 기계처럼 살아야 한단 말인가!

나는 그 방식에서 벗어나고 싶었다. 나는 그 끔찍한 근대성에서 탈출하기 위해 발버둥치기 시작했다. 그리고 그때부터 비로소 내가 서 있는 자리를 알게 되었다. 내가 어떤 시대의 어떤 지점을 살고 있으며, 어떤 성향을 지니고 무엇을 추구하며 어디로 향하고 있는지, 알지 못했던 것들과 어렴풋이 알고 있던 것들이 한층 더 명확하게 보이기 시작했다.

나는 근대성의 극복에 대해 이야기하는 책들을 읽어나갔다. 하지만 현학적이고 분석적인 말로 설명되어 있는 책을 아무리 들여다보아도 여러 가지 의문만 더해갈 뿐, 지금 이 순간 이곳에서 내가 실제로 어떤 행동을 취하며 생활해나가야 하는지에 대해 명쾌한 제안이나 도움을 받지 못했다. 지금 생각해보건대, 철학자들과 사상가들이 힌트를 주었다 하더라도 아직 내면과 시기가 영글지 않았던 당시의 나로서는 그것을 눈치 채지 못했던 것일 수도 있다.

나는 인문 서적 외에도 인도에 관련된 책을 읽고는 했다. 대부분의 책에서 도시인(근대인)의 기계처럼 돌아가는 바쁜 하루와 정신없음 등을 인도의 느긋함, 한가로움, 여유로움, 느림, 무소유, 영성 등과 대비시킨 후, 후자를 찬양하고 권하며 반대로 전자를 마냥 나무라고 있었다. 그러나 그것은 내게는 답이 아닌 것 같았다. 그렇다고 나 자신도 이렇다 할 만하게 정리된 답을 가지고 있는 것도 아니었으므로 답답한 가슴만 부둥켜안고 있을 수밖에 없었다.

그런 상황에서 내가 할 수 있는 일이란, 일단 내가 알고 있는 것들만이라도 시도해보는 것이었다. 나는 그때까지 지녀왔던 나의 습관들 중 근대성과 관련된 것들을 의식적으로 바꿔보기로 했다. 하지만 미숙하게도, 근대적인 습관을 '바꾼다'는 것은 결국 근대성에 반항적인 행동을 취하는 것으로 나타났다. 나는 아무런 계획이 없는 일상, 정해진 시간에 구애받지 않고 그때그때 내 몸과 마음이 원하는 대로 하는 생활, 느긋하고 느슨한 몸, 당장 정확하게 결론지어지지 않는다고 해도 상관하지 않는 자세 등을 취하고자 노력했다.

그것은, 화려하고 빈틈없는 이론가들과 사상가들의 이론에 비하면 단순하고 순진하며 허술한 그리고 다소 어긋난 시도였지만, 내가 직접 몸으로 살아내고 있다는 점에서 매우 절박하고 중요한 시도였다.

그러나 답은 여간해서 풀리지 않았고 그러는 사이 나는 인도로 배낭여행을 떠났다. 혹여 그 수많은 인도 관련 서적에서 감탄해 마지않던 인도인들의 진정한 여유로움을 만나게 될지도 모른다는 실낱같은 기대와 함께. 그러나 아쉽게도 여행 중 잠깐씩 만나는 인도인들로부터 나의 답이 될 만한 인상적인 여유로움을 발견하지는 못했다.

그 대신 눈에 띄었던 것은, 며칠 내내 햇볕이 잘 드는 테라스의 침대형 의자에서 아침부터 해가 저물 때까지 온종일 아무것도 하지 않고 시체처럼 꼼짝없이 누워 있는 몇몇 외국인들의 모습이었다. 그들은 기자, 의사, 회사원으로 눈코 뜰 새 없이 돌아가는 생활의 쳇바퀴 속에서 지내다 사표를 던지고 인도로 탈출 여행을 온 사람들이었다. 얼마나 힘들었으면 저토록 넋을 놓고 휴식을 취해야 하는 걸까…

인도에 살기 시작하면서 내가 가장 먼저 관심을 갖게 된 인물은 바로 스승님이셨다. 스승님은 이 세상에서 가장 바쁜 분이셨다! 스승님은 당신의 꿈과 야망과 목표를 위해서라면 한 치도 몸을 사리지 않았고, 일에 취해 가족도 잊어버렸다. 그는 더 발전된 내일을 꿈꿨고 그것을 위해 크고 작은 계획들을 촘촘하게 세워놓았다. 저 앞의 위대한 목표를 향해 달려가는 사람에게 시간과 돈은 항상 모자랐고, 책에서 말하던 인도적 여유란 찾아보기 힘들었다.

인도인들은 근대적인 것과 인도적인 것 사이에서 헷갈려 했다.

한번은, 외국인을 대상으로 두 시간에 500루피를 지불하는 수업에서 선생님이 본인의 사정으로 인해 한 시간밖에 수업을 못하게 되었다. 그러자 한 외국인 학생이 250루피만 지불하겠다고 '합리적으로(!)' 따지고 들었다. 인도의 전통적 도제 제도 속에서 교육을 받아온 인도인 선생님은 기분이 몹시 상했고 이건 아니라고 생각했지만 딱히 무어라고 한마디 말도 못한 채 꿀 먹은 벙어리가 되어버렸다. 예술의 가르침과 전통문화의 전수란 숫자로 환산될 수 없는 것이지만, 시간과 돈의 수치로 정확하게 계산되는 근대적 계약의 형식 속에 담겨져 시작된 일이었기 때문에 반론을 제기하지 못하게 되었던 것이다.

그런 헷갈림은 일상에서도 허다했다. 특히 시간에 관련된 태도는 참으로 흥미로웠다. 사람들은 정작 자신은 정해진 시간보다 매우 늦게 나타나면서도 약속 시간을 지키지 않는 사람들에 대해서는 흉을 보고 핀잔을 주고는 했다. 그것은 내게, '나는 되고, 너는 안 되고' 식의 이기적 발상의 산물이라기보다 차라리 억겁을 이야기하는 인도의 거대한 시간관이 일분일초를 다투는 근대적 시간관을 만나 어느 쪽이 힘이 더 센지 마지막 승부를 내지 못한 채 뒤죽박죽 한데 엉켜 있는 모습처럼 보였다. 사람들은 자신도 모르는 사이에 편의에 따라 때로는 이것을 때로는 저것을 선택하며 그 두 가치 사이에서 혼란스러워하고 있는 것 같았다.

하지만 시간이 점점 지날수록 그런 혼동을 일부의 작은 현상으로 만들어놓는 인도의 진면모, 인도를 인도답게 만드는 거대한 바탕이 서서히 보이기 시작했다.

인도 사람들은 생과 사가 끊임없이 반복되는 윤회설과 순환적 시간 속에서 살고 있었다.[a] 좋은 날과 피해야 되는 날이 적힌 힌두 달력에 따라 많은 중요한 사항들이 결정되었고, 남녀의 혼인 또한 대부분 천문학과 점성술에 의거한 궁합에 의해 좌지우지되었다. TV 드라마에서는 이미 수천 번도 더 들었을 신들의 무용담과 사랑 이야기를 다시금 고스란히 재현했고, 사람들은 등장인물들과 혼연일체가 되어 시청했으며, 그 신화 속 주인공들의 이름을 딸과 아들에게 붙여주었다. 일 년은 신들의 축제를 중심으로 구성되었고, 사람들은 해마다 돌아오는 똑같은 축제를 매번 성대하게 즐겼다.

[a] 고대 사람들은 자연의 리듬에 따라 순환적 시간을 살았다. 중세 기독교의 최후의 심판이 이것을 직선적 시간으로 바꿔놓은 것과는 달리, 힌두교의 업보설과 윤회설은 그 순환성을 더욱 강화시킨다. 힌두교의 그 철학과 믿음이 지속되는 한 인도인들의 시간성은 순환적인 것으로 지속될 것이다.

종교적 단식이 있는 날에는 고용인이 아무리 요구해도 고용된 사람들은 일하지 않았고, 태양이 뜨거운 대낮에는 낮잠을 자기 위해 모든 상점이 문을 닫았다. 인터넷과 휴대폰이 상식이 된 오늘날에도 기차와 비행기는 보란 듯이 연착하여 분초를 다투는 외국인 사업가들을 곤란하게 만들었다. 길거리의 사람들은 흘러가는 둥근 시간 속에서 철저한 준비나 기약된 미래 없이 순간을 살아가고 있었다. 그것은 분명, 근대성이 훑고 가기 이전의 생활상이거나 근대성이 비껴 지나간 곳의 모습이었다.

인도에 여행 오는 사람들은 이것을 '인도적 여유' 또는 '인도의 매력'이라 불렀으며 그것을 사랑하고 즐겼다. 그러나 인도에서 유효한 그 여유는, 한국이나 다른 곳으로 가져가면 대부분 곧 사라져버리고 말 것이었다. 그것은 특수한 종교철학과 지리와 역사 속에 세워진 인도라는 사회에서만 통용과 지속이 가능한 '인도의 시간'이었다. 인도의 전근대적인 면모를 즐기며 인도적 여유를 잠시 엿보거나 맛볼 수는 있을지 몰라도, 성인이 되도록 다른 문화권과 근대성 속에서 살아온 내가 그것을 덥석 물어 삼킨다고 한들 인도인들처럼 될 수 있는 것은 아니었다.

그것은 결코 멋져 보이지도 않았으며, 근본적인 의미에서 내가 원하는 대답도 아니었다. 나는 어떻게 시간을 인식하고, 어떤 방식으로 삶을 살아갈지에 대해 생각을 정리하지 못한 채 일단 직면하고 있는 춤과 생활에 몰두했다.

그러던 어느 날, 십여 년간 읽지 않고 묵혀놨던 책 한 권을 집어 들었다. 『근대적 시·공간의 탄생』[a]이었다. 그리고 신기하게도 나는 답을 얻었다.

'나의 시간을 찾는 것'

그동안 많은 것에 대해 듣고, 생각하고, 말하고, 열망하고, 고민하고, 상상해왔으면서, 어찌하여 그 가장 기본이 되고, 가장 가까이에 있으며, 가장 쉬운 답에는 눈뜨지 못했던 것인지… 실실 웃음이 나왔다. 나의 시간을 찾는 것. 그것이 내가 원하던 답이었다.

가속도가 붙은 '근대성'이라는 역사적·시대적 시간도 아니요, 전설이나 신화 같은 '인도'라는 지역적·사회적·문화적 시간도 아닌, 그 모든 것을 넘어서서, 아니 그 속에서 '나만의 시간'을 찾아내는 것. 나는 이 가장 가까운 곳에 다다르기 위해 얼마나 오랫동안 먼 곳을 빙빙 돌아왔는가! 나의 시간을 찾아서, 나를 찾아서 말이다.

[a] 이진경, 푸른숲, 2002

나는 계속 앞으로 앞으로 나아가리라.

하지만 그것은 밀란 쿤데라Milan Kundera의 말처럼[9], '나의 시간을 걷는다'는 하나의 주제를 담은 원형의 변주곡이 될 것이다.

[9] '점성술은 우리에게 : '너는 절대 너의 운명을 벗어나지 못할 것이다!'라는 식의 운명론을 가르치는 것처럼 보인다. 내가 보기에 점성술은(인생의 은유로서의 점성술을 두고 하는 말이다) 좀 더 미묘한 뭔가를 : 즉 '너는 너의 인생의 주제를 벗어나지 못할 것이다!'를 말하고 있다. 예를 들면 이는 당신의 삶 속에 시쳇말로 제로에서 출발하여 앞의 삶과 무관한 '새로운 삶'을 세우고자 하는 것이 공상일 뿐임을 말해주고 있는 것이다. 당신의 삶은 언제나 같은 재료, 같은 벽돌과 같은 문제로 세워지게 되며, 당신이 '새로운 삶'을 위해 애써 수중에 넣는 것은 곧 이미 살았던 것의 단순한 변주로 드러나게 될 것이다.
오로스코프는 괘종시계와 유사하며, 괘종시계는 곧 유한성의 학교이다 : 바늘 하나가 원을 그리며 출발점으로 되돌아가는 순간, 하나의 단계가 완성된다. 오로스코프의 문자반 위에는 아홉 개의 침이 제각기 다른 속도로 돌면서 매 순간 한 단계의 종결과 다른 단계의 시작을 가리키고 있다. 젊었을 때 사람은 시간을 하나의 원으로 인식하지 못하며 다만 언제나 다양한 여러 지평을 향하여 자신을 일직선으로 이끄는 하나의 길처럼 인식한다 ; 그는 아직 자신의 인생이 하나의 주제를 내포하고 있을 뿐이라는 사실을 생각지 못한다 ; 나중에 가서야 그는 그 삶이 최초의 여러 변주를 만들어낸다는 사실을 알아차릴 것이다'(밀란 쿤데라, 『불멸』, 「문자반」, 청년사, 1992, 346~347쪽)

달이 나를 끌어안는다

우리말 중에서 내가 가장 사랑하는 말은 '돌아가시다'이다.

이 말에는 '왔던 곳으로 되돌아간다'는 생에 대한 원형적 사고가 고스란히 담겨 있을 뿐 아니라, 먼저 떠난 자에 대한 존중과 존경이 배어 있어 말하는 자나 듣는 자의 마음에 언제나 공손하고 부드러운 여운을 남긴다. 삶과 죽음에 대해 이보다 더 가슴 뭉클하고 아름답게 해석한 표현이 또 있을까!

달.

그곳은 이 세상에 속하는 동시에 그 너머 보이지 않는 영역에 존재한다. 그곳은 내가 태어나기 전에 살던 고향이다.

나는 왜 이곳으로 보내졌을까? 스파이처럼 이곳에 대한 정보를 가져가야 하는 걸까? 고향에서 맡게 될 중요한 임무를 위해 이곳에서 다양한 경험을 쌓고 기술을 연마해야 하는 걸까? 아니면 나는 그저 반복되는 일상을 떠나 기분 전환 겸 잠시 여행을 온 걸까? 나는 이 세상에 떠다니는 달의 조각이다.

나는 달나라 국적을 지녔다. 그래서 달은 자꾸만 나를 부른다. 달리는 밤기차의 창 너머에서도, 하루 종일 집 안에 앉아 있다 문득 밖으로 나왔을 때도, 늦은 밤 귀가할 때도, 달은 사람들 몰래 순간순간 나타나 나를 부른다. 그와 나만이 알 수 있는 은밀한 신호를 보내며 다시 돌아오라고, 어서 돌아오라고 나를 부른다. 그러면 나는 아직은 갈 수 없다고, 미안하다고 답한다. 나도 역시 네가 그립다고 답한다.

나는 달을 바라본다. 달 앞에 선다. 달은 언제나 나체이다. 달은 나의 살이다. 힌두교에서는 소금인형이 바닷물에 들어가 녹아 본래의 자아에 이른다고 비유한다. 나는 달에 돌아가 녹아 본래의 나의 몸에 이를 것이다.

달빛 목욕

나의 생각과 말과 마음과 탄트라와 춤에게

오늘 밤 이 도시에도 달이 떴다

환하고 둥근 달

고층 아파트의 창문을 끝까지 연다

의자 위에 올라선다

창문 가득 나체의 내가 섰다

아-

달과 내가 마주 본다

달을 향해

두 손을 천천히 죽 펴고

숨을 길게 들이쉰다

두 손을 끌어당겨 내 머리 위에

숨을 길게 뱉는다

달을 향해

두 손을 천천히 죽 펴고

숨을 길게 들이쉰다

두 손을 끌어당겨 내 입술 위에

숨을 길게 뱉는다

달을 향해

두 손을 천천히 죽 펴고

숨을 길게 들이쉰다

두 손을 끌어당겨 내 가슴 위에

숨을 길게 뱉는다

달을 향해

두 손을 천천히 죽 펴고

숨을 길게 들이쉰다

두 손을 끌어당겨 내 음부 위에

숨을 길게 뱉는다

달을 향해

두 손을 천천히 죽 펴고

숨을 길게 들이쉰다

두 손을 끌어당겨 내 발 위에

숨을 길게 뱉는다

눈을 감는다

나의 오른 몸에 선다

들숨과 날숨이 교차하고

나의 왼 몸에 선다

들숨과 날숨이 교차하고

나의 뒷몸에 선다

들숨과 날숨이 교차하고

달은 날 끌어안았다

비

●

비는
여자의 몸을 채운다

나의 현실이 된 영화

〈까머수뜨러Kama Sutra〉라는 영화가 있었다.

옛 인도를 배경으로 펼쳐지는 사랑 이야기. 숨 막히도록 아름답고 드넓은 풍광, 웅장하면서도 정교한 건축물, 한순간도 눈을 뗄 수 없을 만큼 매혹적인 배우들, 이국적이고 화려한 의상과 소품. 그리고 영혼을 나누는 에로티시즘. 나의 인도 생활은 이 영화 한 편에서 시작되었다.

스물두 살 이전에도 인도 또는 힌두교에 대해 어디선가 들어본 적이 있었다. 터번과 제복 차림으로 궁궐 앞에 서 있는 콧수염의 아저씨들, 커다란 눈망울로 함박웃음을 짓고 있는 까만 피부의 아이들, 치렁

치렁한 액세서리와 형형색색의 옷을 두르고 커다란 물동이를 머리에 인 사막의 아낙네들, 손으로 먹는 식습관, 늘 부정적으로 회자되는 카스트 제도, 길거리를 마구 돌아다닌다는 소, 고대의 깊은 철학과 뛰어난 예술 전통들에 대하여… 그러나 그것은 일순 스치고 지나가는 먼 나라의 이야기일 뿐, 내가 속한 세계와는 별반 상관없는 것이었다.

스물두 살이 되면서 나는 원래 전공인 불문학 외에도 종교학과 철학을 복수 3전공으로 선택했다. 하루는, 다음 학기에 어떤 수업을 신청할지 책자를 죽 훑어보고 있었다. 그런데 불현듯, 수없이 빽빽한 글자들 사이로 '힌두교의 이해'라는 강의명이 눈에 번쩍 들어왔다. 내 두 눈은 그 여섯 글자에 꼼짝없이 박혀버렸다. 그 순간, 이 수업을 듣고 싶다는, 반드시 들어야 한다는 생각이 가슴을 때렸다. 심장이 두근두근 뛰기 시작했다.

종교학과 철학의 여러 다양한 수업들 중에서 내 마음을 한 번에 사로잡은 것은 역시 힌두교와 불교였다. 공부하면 할수록 나는 그 심오한 두 종교 속으로 하염없이 빠져들어 갔고, 때때로 그들의 종교철학이 나의 내면에 이미 자리 잡고 있었음을 깨달으며 전율했다. 나는 어느새 인도와 관련된 것이라면 무엇이든 무턱대고 다 알고 싶은 상태가 되어버렸다.

도대체 저 **움직임**은 무엇이고,
무엇을 말하고 있는 걸까?
이 세상의 것이지만 이 세상의 것이 아닌 듯한
저 **황홀한 몸짓**이란!

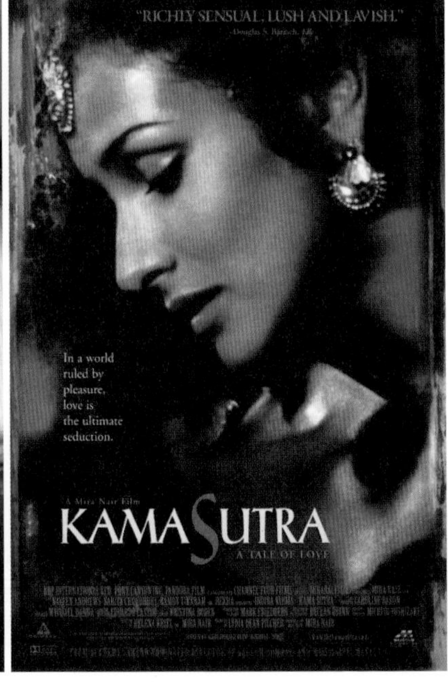

그러던 어느 날, 학교 앞 비디오 가게에서 한 영화를 발견했다.

〈Kama Sutra〉

분명 인도어였다. 나는 그것을 얼른 꺼내들었다. 'Sutra'는 힌두교와 불교에서 경전을 의미하는데, 'Kama'는 무슨 뜻인지 알 수가 없었다. 그날 밤, 나는 작은 하숙방에 숨죽이고 앉아 밤새도록 영화를 보고 또 보았다.

옛 인도를 배경으로 펼쳐지는 슬픈 사랑 이야기. 영화의 모든 부분이 인상적이었지만 나는 그 속에서 극명하게 빛나는 한 가지를 발견했다. 몇 초간의 짤막한 장면의, 그러나 내 마음에 번개처럼 새겨져 버린 춤이었다! 그것은 밤하늘의 달과도 같았다. 달은 분명 이 세상에 존재하는 하나의 물체이지만, 저 밤하늘에 떠 있는 모습은 마치 이 세상에 속하지 않는 것 같다. '이 세상의 것이지만 이 세상의 것이 아닌 듯한 몸짓', 이것이 그 춤에 대한 나의 첫인상이었다. 도대체 저 움직임은 무엇이고, 무엇을 말하고 있는 걸까? 아름다운 외모도, 아름다운 마음도 아닌, 저 아름다운 움직임이란! 영화의 춤은 그렇게 한순간에 나를 사로잡았고, 학교에서 돌아오면 춤 장면들을 돌려보며 따라 하는 나날들이 시작되었다.

춤 외에도, 영화를 보면 볼수록 점점 귀에 들려오는 것이 있었으니, 바로 춤이 나올 때마다 항상 배경에서 연주되는 타악기의 소리였다. 그것은 통 튕겨 나가는 경쾌한 저음과 감미로운 음색을 지니고 있었다. 나는 이 춤과 악기의 이름만이라도 간절히 알고 싶었다. 그러나 이곳저곳에서 아무리 찾아보아도 그것에 대해 말해줄 수 있는 이는 아무도 없었다.

〈까머수뜨러〉를 처음 본 지 십 년이 지났다.

어느덧 영화 속 춤은 나의 것, 나의 현실이 되었다. 영화 속 춤은 이제 내 몸에서 표현된다. 비디오를 돌려가며 수없이 따라 해보아도 턱없이 어설프기만 하던 그 동작이 물결처럼 우아한 움직임으로 내 눈과 손과 가슴과 발을 타고 파도친다. 그리고 영화 속에서 타악기를 연주하던 그 연주가와 실제로 만나 그의 연주에 맞추어 춤을 춘다. 이제 춤의 주인공은 여배우가 아닌 나다.

나는 꿈꾸어본다.

나의 춤이 또 한 편의 영화이기를…

오디시에 끌리는 이유

언젠가 프랑스인 친구 알카가 말했다. 힌두교와 오디시에는 활기와 즐거움이 가득하다고.

어둡고 오래된 성당에서 입을 굳게 다문 채 엄숙히 치루는 미사, 노인들이 대다수를 이루는 가운데 사제의 강론을 일방적으로 들으며 한자리에서 앉았다 섰다를 반복하는 프랑스 가톨릭교회의 분위기에 익숙했던 알카에게, 종교적 의례가 인간의 모든 감각을 동원하는 하나의 찬란한 축제인 힌두교와 그 의식의 정점에 서 있는 오디시의 모습은 큰 충격을 주었다.

일본인 오디시 무용수인 마유까는 어려서부터 일본에서 발레를 공부하고 프랑스에서 현대무용을 전공한 친구이다. 마유까는 평생 동안 생긋생긋 예쁘게 웃음 지으며 상냥하고 친절해야 한다고 교육받아 왔다고 한다. 그런데 악당과 악마까지도 적나라하게 표현해내는 오디시를 본 순간 몹시도 놀라게 되었고 그 길로 당장 오디시를 배우러 가게 되었다.

나의 경우, 〈까머수뜨러〉에서 오디시를 처음 보았을 때, 오디시의 감각적이면서도 절제된 조형미와 물이 출렁이듯 우아하고 부드러운 움직임에 바로 반해버렸다. 그 독특하고 아름다운 미학이란 나로서는 도저히 거부할 수 없는 가장 중요한 매력이었다.

그런데 차차 오디시의 핵심이 신과 우주와 사랑에 대한 헌신에 있다는 것을 알게 되면서, 오디시의 종교성이 나를 매혹시켰던 것임을 깨닫게 되었다.

대학 시절 공부했던 종교학과 철학의 이론들은 나를 전율케 했지만 동시에 내 존재를 너무나도 심각하고 복잡하고 무겁게 만들어 나를 어둠 속으로 밀어 넣었다. 내 몸은 아래로 아래로 점점 가라앉았다. 나는 살아남을 수 없을 것 같았다. 곧 죽을 것만 같았다. 나는 내 안에서 분열된 종교성, 상이한 종교 전통들과 복잡한 이론으로 인해 갈기갈기

코끼리 머리를 지닌 거네셔Ganesh 신의 커다란 귀(위)와 긴 코(아래)를 나타내고 있는 모습

찢어진 종교성을 깡그리 떨쳐버리고, 새로운 방식으로 단순하고 아름다운 본래의 나의 종교성을 되찾고 싶었다.

바로 그때 오디시가 나타났다.

나는 선생님들과 동료들의 이야기와 몸짓 속에서 오디시의 종교성을 느꼈고, 전통적 종교 의식 또는 철학적 논쟁과 질문이 아닌 리듬과 장단 그리고 몸의 움직임이라는 엄격하고도 아름다운 또 다른 문법 속에서 내 본연의 종교성을 아주 조금씩 다시 느끼기 시작했다.

그러자 깊이 내려앉았던 내 몸이 천천히 수면 위로 떠오르기 시작했다. 천상을 고스란히 옮겨놓은 듯한 오디시 음악과 춤 속에서 나는 문득문득 거룩한 황홀경 속으로 들어갔다.

그러던 어느 날이었다.

축축한 바람 한 자락이 내 몸을 훑고 지나가는 순간, 문득 내가 왜 인도에 있고, 왜 오디시를 배우고 있는지 다시 또 한 가지 이유를 알 수 있을 것 같았다.

한국의 강산이 주는 스산함, 해 질 녘 산과 들과 허공에서 풍겨오는 그 특유의 서늘한 기운은 가끔씩 나를 소스라치게 만들고는 했었다. 그런데 인도의 대지와 하늘은 그 광활함 속에서도 나에게 왠지 모를 정다움과 따뜻함을 듬뿍 안겨주었고, 오디시에는 그 따스함이 그대로 담겨 있었다. 나는 나에게 편안한 그 기운에 둔한 자석처럼 더듬더듬 이끌려 마침내 오리사까지 오게 된 것이었다.

나는 열망한다.

나의 저 깊은 무의식에서 나의 마지막 숨결까지, 오디시의 자태와 움직임이 스스럼없이 배어나오길. 내 몸에서 도려내고 싶어도 도려낼 수 없는 너이길.

고대의 향기, 오디시Odissi

2012년 현재 인도에는 지역별로 여덟 가지 종류의 춤이 공식적인 고전무용으로서 승인되어 있다. 그중 하나인 오디시는 북동부에 위치한 오리사 주에서 기원한 신전무용이다.

북동부	머니뿌르Manipur 주	머니뿌리Manipuri
	아쌈Assam 주	사뜨리여Sattriya
	오리사Odisha 주	오디시Odissi
남동부	따밀 나두Tamil Nadu 주	버러떠 나띠염Bharat Natyam
북서부	우떠러 쁘러데셔Uttar Pradesh 주	꺼터꺼Kathak
남서부	께를라Kerala 주	꺼타껄리Kathakali & 모히니아띠염Mohiniattam
남중부	안드러 쁘러데셔Andhra Pradesh 주	꾸찌뿌디Kuchipudi

오리사의 춤은 그 기원이 2,000년 이상 올라가지만 무슬림의 침략과 영국의 식민 통치 등으로 인해 전통을 이어오는 데 많은 어려움을 겪었다. 1950년대에 이르러, 오디시의 전설적인 스승 껠루쩌러너 모하빠뜨러Padma Vibhushan Guru Kelucharan Mohapatra를 비롯한 여러 학자들과 예술가들이 오리사의 전통 그림 · 조각 · 문학 작품 등을 바탕으로 오리사의 전통춤을 재연구 · 재구성하여 오늘날의 오디시가 탄생하게 되었다.

오디시는 직선적인 움직임이 많은 여타의 인도고전무용과는 달리, 물이 흐르듯 부드럽고 우아하며 묵직한 곡선적인 움직임을 갖는 것

1 기지개 펴는 여인 2 거울 보는 여인 3 아이를 안은 아내
4 5 6 사랑하는 남녀들 7 악기를 연주하며 춤추는 여인
8 9 10 나무 넝쿨을 잡고 있는 여인들

이 특징이다. 그 움직임의 비밀은, 가슴 부분(토르소)을 좌우로 천천히 무겁고도 부드럽게 움직이는 테크닉에서 나온다. 춤동작 중간에 조각상처럼 멈춘 자세들이 많이 등장하는데, 여기서도 직선적인 선은 거의 찾아볼 수 없고, 관절의 꺾임새를 이용한 곡선적인 조형미가 대부분을 이룬다. 뜨리벙기Tribhangi는 가장 유명한 자세로, 관절의 세 곳(목, 토르소, 무릎)을 꺾어서 만드는 자세이다.(앞 페이지의 조각상 사진에 나오는 자세가 모두 뜨리벙기를 응용한 자세임)

인도의 고전무용에는 특정한 메시지나 이야기를 담은 춤Abhinaya, Nrutya이 많은데, 주로 인도의 수많은 신화가 그 소재가 된다. 이때 다양한 손동작과 얼굴 표정이 이야기를 이끌어가는 데 가장 중요한 역할을 한다. 오디시의 노랫말로는 고전어인 산스크리트어나 현지어인 오리야어가 사용된다. 이와 같이 이야기의 기승전결이나 특별한 의미 체계를 지니지 않고 춤사위로만 이루어진 춤Pure Dance, Nrutta도 널리 추어진다. 여기서는 주로 밝고 경쾌한 리듬과 화려한 스텝 그리고 다양하고 아름다운 자세로 인체의 미학과 생의 기쁨을 나타낸다.

오디시를 배우기 위해 세계 각지에서 수많은 무용수들이 오리사로 모여들고 있으며, 걸출한 외국인 오디시 스타들이 이미 여러 명 배출되었다.

외국인 오디시 무용가들

* Padmashree Guru Ileana Citaristi, 이탈리아 거울을 보고 있는 모습
** Guru Ramli Ibrahim, 말레이시아 비슈누 신의 멧돼지 화신을 나타내는 손동작
*** Sutra Dance Theatre, 말레이시아 태양신을 태우고 가는 마차 또는 대서사시 「마하바라타」에서 아르쥬나와 크리슈나를 태운 마차의 모습

눈

거울을 본다.

얇게 쌍꺼풀진 두 눈.

나는 아직도 이 모습이 신기하기만 하다.

내게는 쌍꺼풀이 없었다. 나는 그 사실이 참으로 좋았다. 옛 초상화나 민속화에 그려진 우리 선조들의 단아하면서도 직관적인 초승달 눈매가 나에게도 이어져 오고 있음에 흐뭇해하고는 했다.

무용 연습실. 코코아색 피부에 커다란 눈을 지닌 인도 무용수들이 춤동작과 더불어 다양한 얼굴 표정을 지어낸다. 눈으로 만들어내는 댄

스 드라마. 무용수들은 뜨거운 눈빛을 한 조각상들이다. 나는 그들과 함께 연습을 하다 집으로 돌아와 거울을 본다. 내 눈을 본다.

스승님은, 아무래도 눈이 크면 의미를 표현하는 데 보다 유리하다며 매일 밤 잠들기 전 그리고 아침에 눈을 떴을 때 엄지손가락과 집게손가락으로 두 눈을 크게 벌리고 시곗바늘의 박자에 맞춰 눈동자를 좌우로 움직이는 연습을 규칙적으로 하라고 말씀하셨다. 나는 그것을 하나의 습관으로 만들었다.

그렇게 한두 해가 지났을 때였다. 새로 찍은 프로필 사진을 받아보았는데 대부분의 사진에서 오른쪽 눈만 비정상적으로 커다랗게 나와 있었다. 지금껏 이런 적이 없었으므로 나는 영문도 모른 채 그저 의아할 뿐이었다. 그러다 며칠이 지나서야 그 원인을 알게 되었다. 오른쪽 눈에만 져 있는, 얇지만 뚜렷한 쌍꺼풀!

순간 두 가지 감정이 묘하게 교차했다. 내가 그토록 사랑하던 우리 선조들의 눈매를 잃어버린 안타까움. 그리고 인도무용에 더욱 가까워진 기쁨.

어쨌거나 이미 생겨난 주름을 없애기는 힘든 법이었다. 나는 한동안 마음을 먹고 다른 왼쪽 눈꺼풀 위를 머리핀의 뾰족한 끝으로 콕콕

찌르며 부지런히 선을 그려나갔다. 그리고 지금의 내 눈이 만들어졌다.

동료들의 눈은 인도 신화 속 인물들의 눈을 그대로 빼닮았다. 시원스럽게 조각된 커다란 눈. 새하얀 밤에 검은 달이 몰래 넘어가다 걸린 듯, 흰자 위에 살짝 걸쳐진 검은 눈동자.

내 눈은 그들의 눈이 아니다. 그렇다고 이전의 가느다란 초승달 눈매도 더 이상은 없다.

나는 옅게 쌍꺼풀진 지금의 내 눈을 바라보며 청해본다. 한반도와 인도반도에서 살아가고 있는 많은 인물들이 나의 두 눈 속에서 되살아나기를…

손과 얼굴

때는 초가을이었다.

매년 신록의 봄마다 서울에 오던 나에게 가을의 울긋불긋한 색채와 선선한 공기는 참으로 낯설게 아름다웠다. 그해 여름, 인도로 돌아가던 나의 발걸음은 늪에 빠진 듯 무거웠고, 나는 얼마 지나지 않아 그 무거움에 더 큰 무게를 싣고서 다시 서울로 돌아왔다.

부모님께는 연락드리지 않았다. 갑자기 돌아온 것을 아시면 걱정하실 것이 당연했기 때문이다. 그 대신 이태원에 살고 있는 친구에게 신세를 지기로 했다. 아무리 스스럼없는 친구라고 해도 이제 막 결혼한 신혼부부의 집에서 머문다는 것은 대단히 송구스러운 일이었다. 하지만 새 신랑신부는 마음이 돌처럼 무거운 인도 처자를 너그러이 맞아주었다.

나는 단 한시도 극도의 초조와 슬픔에서 벗어나지 못했다.

그와 나는 오랫동안 소중한 시간을 함께해왔지만 어느 때부터인가 점점 멀어지더니, 결국 먼 거리에서 헤어지게 되었다. 나는 그가 너무나도 그리웠다. 단 한 번만이라도 다시 보고 싶었다. 찬찬히 움직이는 그의 입술, 찻잔을 천천히 들어 올리는 그의 손가락, 햇빛을 받으면 더욱 보드라워지는 그의 머리칼이 보고 싶었다.

나는 친구 집에서 며칠을 지내다가 어느 날, 아무런 계획도 연락도 없이 길을 나섰다. 그는 버스 한 번으로 갈 수 없는 시골에서 살고 있었고, 나는 구불구불한 길을 걸어 그를 만나러 갔다.

파란 하늘과 튼튼한 나무와 서정적인 흙이 있는 그곳에 평소처럼 사리를 입은 모습으로 갑작스레 나타난 나를 보더니, 그는 피식 웃었다. 그 모습을 보니 나도 따라 웃음이 나왔다. 내 생각에는 너무나도 당연한 나의 방문이 그에게는 너무나도 뜻밖인 듯했고, 나에게는 그것 또한 뜻밖이었지만, 여하튼 우리는 차 한 잔을 두고 마주 앉아 이야기를 두런두런 잘도 주고받았다. 그리고 나는 비교적 차분한 마음으로 서울에 돌아왔다.

그러나 그와 단절된 반나절, 하루, 이틀이 흐르면서 그에 대한 그리움이 다시 밀려들기 시작했다. 주위의 모든 것은 나와 상관없이 흘러갔고, 나도 그 모든 것과 무관했다. 아무것도 먹을 수 없었고, 단 한 순간도 잠들 수 없었다. 나는, 단 한 가지의 느낌만을 퍼 올릴 수 있는 우물, 그리움만이 솟아나는 참담한 우물이었다.

계속해서 그렇게 있지 않으려면 억지로라도 자꾸만 그 검은 우물 속에 새로운 흥밋거리를 던져주어야 했다.

이어폰을 귀에 꽂았다. 무작위로 흘러나오는 신곡 가요들. 이별을 읊어대는 가사에 집중했다. 책을 집었다. 그러나 조용한 문자와 숨 막히는 공기는 이내 견딜 수가 없었다. 영화를 보았다. 슬픈 영화와 코믹 영화는 조금씩 울고 조금씩 웃으면 끝이 났다. 헤어 살롱에 갔다. 굴곡진 긴 머리에 더 강한 웨이브를 주었다. 사우나에 들렀다. 긴 시간 동안 몸을 씻었다. 새 옷을 샀다. 마음도 쉽게 갈아입을 수 있다면 얼마나 좋을까… 생각을 끊어라. 느낌을 끊어라. 감성과 감상을 끊어라. 지금의 네 마음도 끊임없는 변화 속에 있으니 걱정을 말아라!

그러나 어떠한 자극도 그 순간에만 혹할 뿐 곧 사라졌다. 나는 어떤 것에서도 누구에게서도 위로받지 못했다. 그 사람의 모습은 시도 때도 없이 검은 그림자처럼 머릿속에서 웅웅 피어올랐다.

나는 동네를 무작정 걷기 시작했다. 서울에 살면서도 한 번도 제대로 와본 적 없었던 이태원의 곳곳을 서성이기 시작했다. 윗동네의 좁은 비탈길과 화려한 다운타운을 오가며 천천히 걷고 또 걸었다.

그러다 문득 걸음을 멈추었다.

저 건너편 도로 위로 〈한남동 가톨릭교회〉라는 작은 간판이 보였다. 두 발자국을 더 걸어가니 아담한 성당 정원과 하얀 성모상像이 보였다. 나는 무언가에 의해 잡아당겨진 듯, 성모상 앞으로 한 걸음 한 걸음 다가가기 시작했다. 그런데 가까워질수록 조금 이상한 점이 있었다.

일반적으로 성당 정원에는 성모 마리아상이 있다. 어깨 위로 흘러내린 옅은 갈색 머리카락, 시대와 장소를 짐작할 수 있는 긴 머리 베일과 긴 드레스, 나지막하게 솟은 가슴, 온화한 눈길과 입매, 합장하거나 포근하게 안아줄 듯 활짝 벌리고 있는 두 팔 그리고 서른세 살의 아들을 두었던 어머니답지 않게 매우 젊고 아름다운 성모상이 있다. 그런데 내 앞에 서 계시는 성모님은 성별에 대해서도, 나이에 대해서도, 옷의 종류나 국적, 하물며 어떤 표정을 짓고 있는지에 대해서도 애매한 모습을 하고 있었다.

'여자가 아닌가? 그럼 성모님이 아닌가?', '성당 관계자한테 물어볼까?', '현대미술의 영향을 받으면 이렇게 되는 건가?' 등등 머리를 짜내어 생각해보았지만 가톨릭교회의 관례를 생각하면 그것은 역시 성모상일 터였다.

성모상 뒤쪽에는 정갈한 소나무 한 그루가 서 있었다. 하늘을 향해 모든 가지와 솔잎을 가지런히 모아 올린 푸른 소나무. 성모님의 발밑에는 잔디가 파릇파릇했고, 동그랗게 손질된 키 작은 나무들이 여기저기 흩어져 여백을 조절하며 다정함을 자아내고 있었다. 은회색의 울퉁불퉁한 돌들은 가장자리를 나지막하게 두 겹으로 두르며 정원의 테두리를 만들었고, 그 돌들 사이에서 키 큰, 붉은 야생장미 한 송이가 가시를 아름답게 곧추세우며 봉우리를 피워내고 있었다. 그 옆에서 활짝 핀 세쌍둥이 하얀 장미들이 방실방실 몸을 흔들고, 조그맣고 노란 들꽃들이 옹기종기 모여 앉아 있었다. 성모님은 이 모든 자연 속의 하나이듯 고요히 서 계셨다.

나는 가만히 그 앞에 마주 섰다.

성모님의 왼손이 가슴 한가운데에 지긋이 놓여 있었다. 그것은 마치 울먹이는 내 심장을 가리키고 있는 것 같았다. 성모님은 내 마음을 다 알고 계시는 것 같았다. 갑자기 눈시울이 뜨거워졌다. 그러나 나는

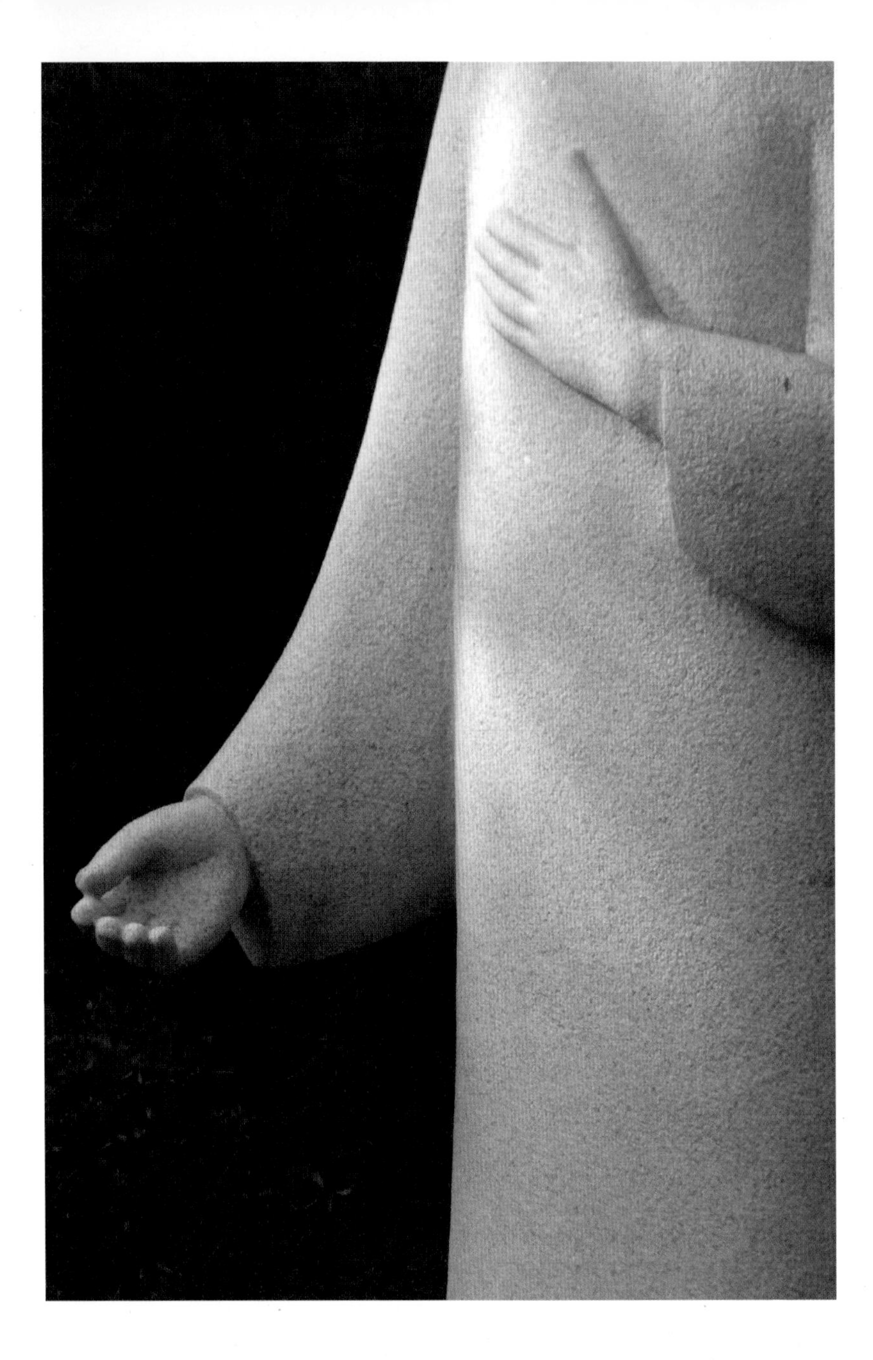

짐짓 아무렇지도 않은 듯 눈을 더욱 크게 뜨고서 계속해서 성모님을 바라보았다. 성모님의 오른팔이 아래로 길고 곧게 내려와 내 쪽으로 손을 살짝 뻗고 있었다. 마치 내게 손을 내밀고 있는 것 같았다.

'내 손을 잡아요. 다 괜찮답니다.'

성모님은 내가 놀라지 않을까, 살며시, 아주 조심스레 내게 말씀하셨다. 그 순간, 계속 미어지기만 하던 내 가슴이, 성모님의 손이 닿기라도 한 듯, 점점 따스해져 왔다. 두 눈에는 눈물이 그렁그렁 맺혔다.

나는 성모님의 얼굴을 바라보았다. 성모님은 웃고 있는 듯 웃고 있지 않는 듯, 얇게 떠진 듯 감긴 듯, 그러나 분명 따스한 눈으로 나를 바라보고 계셨다. 가슴속에서 무언가가 울컥하며 움직였다. 그러자 참고 있던 눈물이 붉어진 뺨을 타고 하염없이 흘러내리기 시작했다.

'그래, 난 괜찮아. 다 괜찮아.'

잔잔하게 밀려오는 오후의 햇볕 속에서 나는 그렇게 가만히 마음을 내려놓았다.

그날, 나는 손과 얼굴 표정의 위력을 알게 되었다.

누군가의 손짓과 표정으로 인해 그렇게 마음속 깊이 이해받을 수 있음을, 손짓과 표정이 누군가를 위로할 수 있음을 알게 되었다.

나는 그동안 수십 가지의 손동작무드라Mudra, 手印, 인도무용에서 쓰이는 손 모양과 얼굴 표정에 대해 공부해왔다. 인도의 고전무용에는 이야기와 메시지를 전달하는 연극적인 요소가 아주 많고, 손동작과 얼굴 표정이 그것을 나타내는 데 가장 중요한 역할을 하기 때문이다. 하지만 나는 손동작과 얼굴 표정의 특별한 힘과 효과를 느끼지 못한 채 전통적 가르침을 습득하기에 바빴다. 손은 수화나 마임에서 쓰이듯 몸의 어떤 부분보다도 의사전달에 유용하며 동시에 화려하고 자유롭고 아름다운 조형미를 지니고 있어 예술적 표현에 아주 적합하다고 생각해본 것이 다였다.

하지만 성모님의 손에서 묻어나오는 그 따스함을 느낀 후로는, 흔히 가장 중시되는 신체의 중심부 즉 몸통·가슴·심장이 아닌 머리끝·발끝·손끝 등의 끄트머리의 개념이 한 존재를 얼마나 섬세하고 적나라하게 나타내주는가에 대해 생각하게 되었다. 누군가의 가슴 한복판에 자리 잡은 에너지는 결국 손끝에서 확연히 드러나기 마련이다. 설렘으로 가득한 연인의 마음은 떨리는 손끝에서 읽히고, 싱싱한 나무는 가녀린 가지 끝에서 아름다운 꽃을 피운다. 천수천안관세음보살은 손바닥이나 손가락 끝에 섬세하고 가녀린 눈동자 같은 창문이 있어, 이를 통해 내면의 축복 에너지를 발산하고 우리에게 치유와 변화를 가져다준다.

마음과 에너지가 전달되는 것은 얼굴 표정에서 절정에 이른다. 그런데 사실 나는 그 은은하게 절제된, 다소 밋밋할 수도 있는 표정 앞에서 울음을 터뜨렸다는 것이 조금 의아스러웠다.

하지만 가만히 생각해보면, 지나치게 모든 것이 다 표현된 표정은 마치 일방통행처럼 상대방에게 같은 감정을 느끼도록 강요하는 면이 있는 것 같다. 활짝 해맑게 웃고 있는 모습이나 마냥 절규하고 있는 어두운 표정은 만감이 교차하고 있는 슬픈 이의 복잡한 심경을 찬찬히 어루만져주기에는 어딘가 부족하다는 생각이 드는 것이다. 그리하여 온전한 지혜와 자비에 이른 자들은 우리의 깊은 상처를 어루만져주기 위해 따뜻하면서도 투명한 표정으로 다가오는가 보다.

손동작과 얼굴 표정

한 손 무드라Mudra, 손동작

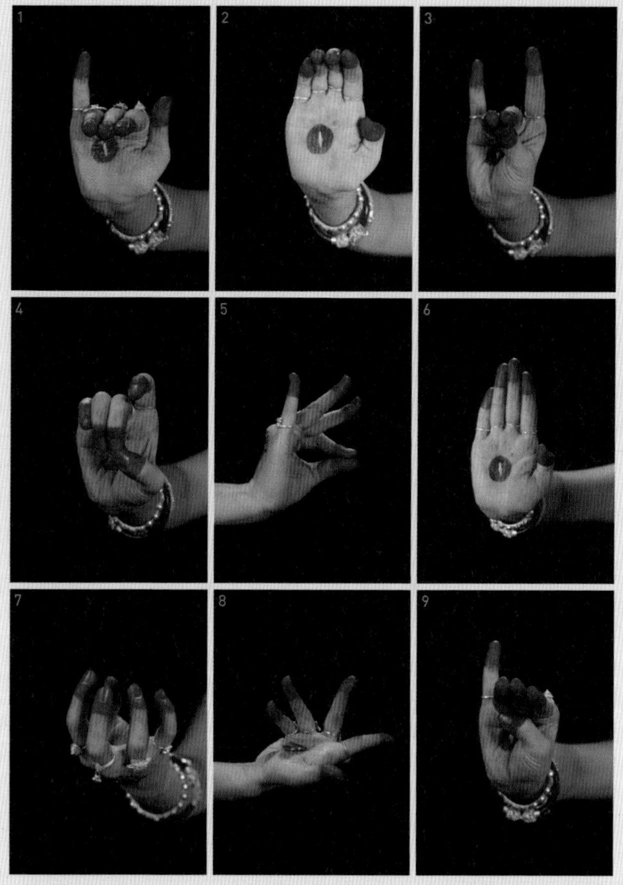

1 사슴의 머리 Murgaseersha 2 뱀의 머리 Sarpaseersha 3 사자의 얼굴 Singhamukha
4 닭 Tamrachuda 5 백조의 부리 Hansashya 6 깃발 Pataka
7 연꽃 봉오리 Padamakosa 8 만개한 연꽃 Alapadma 9 영리함 Chatura

양손 무드라

1 거북이 Kurma
2 새들 또는 원숭이들 Verunda
3 시바신의 남근 Sivalinga
4 교차된 가위 Kartarisvastika
5 물고기 Matshya
6 수레 Chakra
7 비둘기 Kapota
8 상자 Samputa
9 증오, 사슬 Pasa

얼굴 표정 너버 러서Nava Rasa, 9가지 감정

1 사랑, 아름다움 Srungar
2 용기, 영웅 Beera
3 분노 Raudra
4 (비)웃음 Hasya
5 슬픔, 연민 Karuna
6 역겨움 Beebhatsya
7 두려움 Bhayanaka
8 놀람 Adbhuta
9 평화 Santa

지금의 이 모든 것을 기억하라

내게는 두 분의 구루지Guruji, 큰 스승님가 계신다.

타악기 스승님이신 버누 구루지Guru Banamali Maharana

무용 스승님이신 정가 구루지Guru Gangadhar Pradhan

구루지 두 분과 거네셔 선생님과 함께 새로운 음악과 안무를 만들고 있을 때였다. 모두가 작업에 한참 몰입해 있는데 갑자기 무용실의 전기가 나갔다. 우리는 얼마 동안 그 자리 앉아 기다려보았지만 전기는 곧 돌아올 것 같지 않았다.

정가 구루지는 슬픈 표정을 지으며 그 시간을 너무나도 아까워하셨다. 마침 저녁 티타임이었으므로 나는 바로 앞에 있는 식당에서 짜이와 도사Dosa를 먹고 오자고 제안했다. 그곳은 새로 문을 연 채식 레스토랑으로, 에어컨을 시원하게 틀어주고 밝고 화려하게 장식되어 있었지만 고가의 식당은 전혀 아니었다. 하지만 겅가 구루지는 "빛나나 저런 데서 먹지…" 하시며 선뜻 나서려 하지 않으셨다. 그러나 정전 상태에서 할 수 있는 일이란 없었으므로 결국 네 명 모두 무얼 조금 먹고 오기로 했다.

식당에 들어서자 직원들이 큰 스승님들이 오셨다며 유난히도 친절하게 자리를 안내했다. 겅가 구루지는 그런 그들의 모습에 겸연쩍고 쑥스러우신 듯했다. 뭔가 잔뜩 적혀 있는 메뉴판을 들여다보시던 버누 구루지는 가장 심플한 도사를 선택하셨다. 버누 구루지는 겅가 구루지의 머르덜라Mardala, 오디시 타악기 스승이시다. 연세가 연세인 만큼 얼마 전 틀니를 맞추셨는데 아직 적응이 되지 않아 말씀하시는 도중 자꾸만 튀어나왔고, 나는 개구쟁이 손녀처럼 웃었다. 결국 도사를 드실 때는 아예 틀니를 빼내어 호주머니에 넣으셨다. 겅가 구루지도 같은 도사를 시키셨다. 두 분 모두 배가 별로 고프지 않다며 간단한 음식을 시키신 것이었지만, 나는 그 순간에도 두 분의 소박한 생활 습관과 정신을 보고 있는 것 같았다. 거네셔 선생님은 두 스승님들 앞에서 먹는 것조차 부

오디시 타악기 머르덜라의 거장, 버너말리 머하러나 구루지 Guru Banamali Maharana

담스러우셨는지 가만히 짜이만 드시고 도사는 포장해서 후에 먹기로 하셨다.

새로운 작품을 만드는 동안 우리는 이렇게 매일같이 만나 작업을 했는데, 하루는 작업이 늦게 끝나 어둑해져서 내가 버누 구루지를 댁까지 모셔다 드리게 되었다. 버누 스승님은 내 스쿠터 뒤에 앉아서 한 손으로는 내 어깨를 잡으시고 다른 한 손으로 손가락의 마디를 세면서[a] 가는 내내 새로 구성한 구음을 낮은 음성으로 계속 읊어가며 점검하셨다. 그러다 문득 내 어깨를 두드리시더니 말씀하셨다.

"빛나야, 지금의 이 모든 것을 기억하거라."

나는 곧 또 재잘재잘 수다를 떨었지만, 그때 밤바람을 가르며 들려오던 스승님의 그 낮고 진지한 목소리와 억양과 밤공기를 떠올리면 지금도 마음 한쪽이 뭉클해져 오는 것을 막을 수가 없다.

경가 구루지.

그분을 처음 만났을 때가 기억난다.

[a] 인도에서는 전통적으로 한 손가락의 네 마디, 네 손가락의 열여섯 마디를 엄지로 하나씩 하나씩 짚으며 장단의 박자를 센다.

아담한 체구의 스승님은 검정 바탕에 초록과 빨강과 흰색의 작은 네모가 그려진 인도의 남성 전통복을 입고 계셨다. 단호한 어투와 예리한 눈빛을 지니셨음에도 불구하고 전체적으로는 온화한 느낌을 자아내는 분이었다. 스승님은 내게 몇 가지 동작을 시켜보시더니 "좋은 무용수가 되는 데는 문제가 없다. 하지만 꼭 필요한 것이 한 가지 있다"라고 말씀하셨다. 그것은 인내심이었다. 수업을 받기 시작하면서 내가 어려운 동작을 하다가 조금이라도 균형을 잃거나 힘든 기색을 보이면 스승님은 곧바로 날카로운 목소리로 인내하라고 일침을 놓으셨다. 그것은 어떤 충고보다도 정신을 번쩍 차리게 만드는 한마디였다.

스승님은 무용을 전공하지 않은 내가 더디게 따라와도 한 번, 두 번, 세 번, 끊임없이 가르쳐주셨다. 나라면 벌써 포기했을 것 같은 나 같은 제자에게 직접 인내의 길을 보여주시는 구루지를 바라보며 훌륭한 무용수는 물론이요, 훌륭한 스승이 되기 위해서도 인내심이 반드시 필요하다는 것을 알게 되었다.

스승님은 인내심 외에도 기록에 대한 중요성을 매우 강조하셨다. 무용수로서 춤추는 것뿐만 아니라, 오디시와 오리사에 대해 틈틈이 글을 읽고, 연구하고, 글을 쓰고, 사진을 찍어, 그 모든 것을 한데 모아 책으로 남겨야 한다고 나를 보실 때마다 말씀하셨다. 또한 무대 위에서도

• 경가 구루지와 함께
•• 구루지로부터 꽃 봉헌하는 장면을 배우고 있는 모습

춤동작뿐만 아니라 춤에 대해 말로 된 설명이나 해설이 필요할 때면 일목요연하게 관객들에게 전달할 수 있도록 항상 공부하고 있어야 한다고 강조하셨다. 그 외에, 기획·연출·안무·악기 연주 등에도 능숙해야 한다고 누누이 말씀하셨다.

실제로 구루지는 탁월한 무용수일 뿐 아니라 안무가, 타악기 연주가, 교육자, 무대 제작자, 음악 제작자, 기획자, 연출가 등으로서 화려하게 활약했고, 그의 이름은 국내외에서 하나의 큰 브랜드였다. 오디시에 관련된 책에서는 그를 언제나 최고의 원로 중 한 사람으로 소개했고, 아울러 구루지는 인도 예술계에 공헌한 바를 인정받아 인도 중앙 정부로부터 '빠드머스리Padmashree'[a]라는 칭호와 훈장을 받으시기도 했다.

그런 구루지 앞에서 다른 제자들이나 선생님들은 정말이지 절절맸다. 이야기를 할 때면 무릎을 꿇고 하거나 군기가 바짝 들어간 차렷 자세로 했고 심지어는 말을 제대로 하지도 못했다. 그렇지만 나는 생각을 스스럼없이 표현했고 반대되는 의견이나 일상적이고 시시콜콜한 일들에 대해서도 자연스럽게 말씀드리고는 했다. 구루지를 만날 때마다

[a] 인도의 예술, 교육, 문화, 산업, 과학, 의학 등의 다양한 분야에서 뛰어나게 공헌한 바가 있는 인도인과 비인도인에게 인도 중앙정부에서 수여하는 시민상 및 훈장으로, 예술 분야에서 이 칭호를 받는 것은 마치 우리나라에서 인간문화재 칭호를 받는 것에 비할 수 있을 것이다.

구루지가 입고 계신 옷의 색감에 대해 멋있다, 칙칙하다, 과도하다 등으로 내 느낌을 이야기하면 재미있으시다는 듯 빙그레 환히 웃으시고는 했다.

물론 나는 수업 도중 꾸지람을 듣는 경우가 허다했다.

하루는, "구루지는 항상 칭찬하기보다 혼내는 걸 더 좋아하신다"라고 말하며 구루지 앞에서 목놓아 엉엉 울었던 적이 있었다. 수백 명의 제자를 길러내셨으면서도 그런 상황은 처음이셨던지 당황해하시는 모습이 역력했다. 나중에서야 알게 되었지만, 구루지는 제자들 앞에서 절대 칭찬하지 않는 분이셨다. 나는 가끔씩 다른 선생님들을 통해 나에 대해 칭찬하신 것을 전해 듣게 되었다. 나는 정말 철딱서니 없는 제자였다…

그러나 지금 이 모든 것은 너무나도 행복하고 감사한 추억으로 남아 있다.

구루지가 돌아가셨을 때 나는 서울에 있었다.

매년 그러하듯 한국에서 몇 개월 지내러 왔을 뿐이었는데, 떠날 때 보았던 구루지의 모습이 마지막 모습이 될지는 정말 몰랐다. 서울에 도착해 전화 드렸을 때 수화기를 통해 들려오던 구루지의 목소리가 마

벌(좌)이 꽃(우)에 앉으려는 모습을 나타내고 있는 경가 구루지

지막 목소리가 되리라고는 정말이지 상상하지 못했다.

구루지는 느닷없이 예정에도 없던 심장 수술을 받으셨고 직후에는 괜찮으신 듯했으나 사흘 후에 갑작스레 쓰러져 혼수상태가 되셨다. 그리고 그 닷새 후에 돌아가셨다.

그분의 죽음이란 어찌도 그렇게 그분의 인생과 닮았던지! 스승님은 어찌도 그렇게 끝까지 강렬하고 망설임 없이 떠나셨는가! 구루지는 저 멀리서 돌아가셨고, 나는 그의 죽음을 함께 슬퍼할 선생님들과 동료들도 없이 서울의 내 방에서 혼자 쭈그리고 앉아 울었다. 구루지가 살아계실 때는 이런저런 일로 떼쓰기 일쑤였는데, 돌아가시자 구루지께 잘못했던 일들만 자꾸자꾸 떠올랐다.

잠들기 전의 고요한 시간은 무의식이 의식의 투명한 쟁반 위로 하나둘씩 올라와 앉는 때이다. 매일 밤 구루지는 그 고요와 평화 속에서 나를 찾아오신다. 누군가가 내 안에 있다는 것, 세상을 떠났으나 내 안에 산다는 것은 실로 오묘한 일이다.

나의 무용 선생님들

- 비치뜨라넌더 스와인 Guru Bichitranand Swain
  활을 쏘려 화살집에서 화살을 빼내고 있는 모습

•• 링거러저 스와인 Guru Lingaraj Swain
  어린아이에게 주의를 주고 있는 모습

- 머노런전 쁘러단 Guru Manoranjan Pradhan
  인체의 미학을 살린 아름다운 포즈

•• 쥬디스티르 너역 Guru Yudhisthir Nayak
  악마를 물리치고 있는 모습

바다 무대

첫날

그 해변의 파도는 한눈에 보아도 대단했다.

겹겹이 몰아치는 억센 파도가 요란한 소리를 내며 거품과 함께 부서졌다. 외국인 여행객들은 모래사장에 누워 살을 태우고 있을 뿐 그런 바다에 들어가는 데는 무심해 보였다. 가끔씩 어디선가 인도인 남자 관광객들이 우르르 몰려와 바다 수영에 도전했다가 얼마 되지 않아 돌아가 버렸다. 작은 규모의 해변이었지만 여러 명의 해변 경호원들이 계속해서 주변을 살피며 돌아다니고 있었다. 그러나 조금만 눈을 들어 멀리 저 너머를 바라보면, 해안을 죽 둘러싸고 있는 짙은 고동색의 높다란 절벽과 그 위에서 바다를 향해 몸을 비스듬히 기울이고 있는 키 큰 야자수들로 인해 해변은 낭만적 분위기로 충만했다.

둘째 날

나는 서울에서 온 후배와 함께 아라비아 해로 여행을 왔다.

우리는 파라솔 아래에서 책을 읽고, 모래찜질을 하고, 낮잠이 들었다가, 음악을 듣고, 파도 소리를 듣고, 사람들을 보고, 너른 하늘을 보았다. 그리고 저 너머의 고요하고 잔잔한 수평의 바다를 보았다.

수평의 잔잔한 바다. 그곳은 거친 파도가 일었다 이내 사라지는 파도의 소란스런 바닷가와는 너무나도 달라 보였다. 나는 궁금해졌다. 저곳은 어떤 곳일까? 여기에서 저기를 바라보는 것이 아니라, 저기에서 여기를 바라보는 것은 어떤 느낌일까? 나는 줄곧 그곳을 바라보게 되었다.

저녁이 가까워오자 점차 햇살이 약해지고 그 자리를 강한 바람이 채우기 시작했다. 여행객들이 하나둘씩 자리에서 일어났다. 우리도 돌아갈 채비를 하기 시작했다. 그런데 주변을 둘러보니 해변의 저쪽 한편에는 아직도 많은 사람들이 웅성웅성 모여 있는 것 같았다.

자세히 보니 모래 위에 작고 허름한 나룻배 몇 척이 놓여 있었고 그 사이로 룽기Lungi[a]를 두른 구릿빛의 인도 아저씨들이 서 있었다. 그들은 두 명씩 짝을 이루어 배를 타고 파도의 장단에 맞추어 노를 저어, 그들을 결코 허락할 것 같지 않는 거센 파도를 넘어가고 있었다. 몇몇은 이미 바다에 둥실둥실 떠 있었다.

나는 그들에게 별반 관심이 없는 후배를 남겨두고서 모래사장을 달려갔다.

사람의 엉덩이만 한 폭과 양팔을 벌린 만큼의 길이의 조각배. 신기했다. 그토록 작은 배를 실제로 본 적이 없었다. 어떤 호화 여객선도, 강력한 군함도, 바다 위에서는 작은 존재일 수밖에 없지만, 파도를 온몸으로 받아넘기며 진정 하나의 점으로서 대양 위에 떠 있는 저들의 모습에 온몸이 떨려왔다. 이 얼마나 소박하고 아름다운 광경인가! 그 작음과 무방비성 덕분에 어떤 형태의 배에서보다도 바다의 몸놀림과 성격을 그대로 밀착해서 느낄 수 있으니, 이 또한 얼마나 원시적이고 육감적인가! 이 멋진 배를 타고 저 바다로 나갈 수 있다면, 진정 얼마나 꿈같은 일일까!

어부 아저씨들은 매일 새벽과 저녁, 가까운 바다에 나가 그물을

[a] 주로 인도 남부의 남성들이 일상에서 간편하게 걸치는 하의이다. 약 2~3미터의 통짜 천으로 되어 있으며 둘둘 말아 입는다.

던져 생선과 게를 잡아온다고 했다. 나는 어부가 아닌 여행객이 이 배를 타본 적이 있는지 물어보았다. 그러자 그런 적은 이때껏 한 번도 없었다고 했다. 나는 다시 조심스레 내가 이 배를 탈 수 있는지 물었다. 한 아저씨가 수영을 할 줄 아느냐고 내게 물었다. 나는 고개를 크게 끄덕이며 아주 잘한다고 대답했다. 어부 아저씨들 사이에서 몇 마디 말이 오가더니 곧 오케이 사인이 떨어졌다. 저녁보다는 아침이 여러모로 좋으니 다음 날 아침에 그곳으로 오라고 했다. 수고비 흥정도 마쳤다. 나는 이렇게 쉽게 배를 탈 수 있으리라고는 생각하지 못했으므로 행운이라고 거듭 되뇌며 게스트 하우스로 돌아왔다.

그날 저녁, 우리는 그들이 건져 올렸을지도 모르는 신선한 생선으로 만든 요리와 달콤한 커피, 열대 과일 디저트를 먹고 웃고 떠들며 밤을 지새웠다.

셋째 날

'늦어도 여섯 시까지는 나가야 하는데…'

새벽에 의식은 완전히 깨어나 있었지만 나는 머리를 베개에 묻은 채 바다에 갈 것인지 말 것인지 망설였다. 조각배를 타고 바다의 성난 가장자리를 리얼하게 넘어 대낮에 동경하며 바라보았던 그 평온하고 너른 바다에 나아가자! 그러나 생전 처음 와본 곳에서 어설픈 낭만과 객기로 익사하여 부모님께 알려지는 것은 아닐지? 일단 하고 싶은 일은 벌려놓았으나 직면해야 할 시점이 다가오자 구체적인 두려움이 몰려왔다. 나는 '간다/안 간다'의 두 가지 생각 속에서 한참을 돌고 돌다가, 수면 부족으로 인해 난 잠들어야 한다고 핑계를 대며 결국 다시 잠 속으로 돌아갔다.

우리는 해가 하늘 한복판에 이르러서야 일어났다. 그리고 다시금 바다와 태양과 모래와 바람을 맞이하기 위해 해변으로 나갔다. 파라솔을 빌리러 어슬렁거리고 있으니 전날 만났던 어부 아저씨가 나를 알아보고 다가왔다. 오늘 아침에 왜 나오지 않았느냐고 묻는 그에게, 나는 두려움에 대해서는 언급하지 않고 그냥 늦잠을 자버려서 오지 못했다고 대답했다. 그러자 아저씨가 인정 좋게 웃으며 "그럼, 내일 아침에 봅시다!"라고 했다. 나는 아저씨의 말이 끝나기가 무섭게 "네, 물론이죠!"라고 대답했다. 돌아가는 아저씨의 뒷모습을 보고 있자니 실실 웃음이 나왔다.

'빛나야, 네가 정말로 가고 싶기는 한가 보구나.'

사실 나는 그 잔잔한 바다를 바라보며 엉뚱한 생각을 하고 있었다.

이쪽 해변에는 사람들이 있다. 이들은 관객이다. 저 너머에는 평온의 바다가 있다. 바다는 그 자신이 무대이자 주인공이다. 사람들은 아름다운 바다에 나가고 싶지만 소용돌이치는 파도와 바다의 깊이로 인해 언제나 눈으로만 바라볼 뿐이다.

나는 그때부터 일 년 반쯤 후에 부버네슈어러에서 데뷔 공연을 하기로 되어 있었다. 그것은 무용수의 무용 인생에서 오직 한 번밖에 없는 매우 중요하고 의미 있는 무대였고, 나는 가끔씩 그 공연에 대한 책임이나 두려움의 무게가 너무 크게 느껴질 때면 포기해버리고 싶다는 생각을 하고는 했다. 홀로 무대에 설 때 느껴지는 극도의 긴장감과 고독!

그러나 저 바다를 보라! 바다는 고독 속에서도 평화롭지 않은가. 그리고 깊고 잔잔한 환희가 있지 않은가. 나는 저 평온한 무대 같은 바다의 한복판에 서보고 싶었다. 그러면 데뷔 무대에 대한 막연한 두려움과 부담감이 싹 사라질 것 같았다. 이것이 바로, 저 거센 파도를 넘어 수평선의 바다에 꼭 나아가보고 싶은 나만의 이유였다.

원하는 바가 확실하니, 이제 용기를 길러야 할 차례였다. 나는 일단 바닷속에 들어가 보아야겠다고 다짐했다. 해변의 모래에서만 뒹굴지 말고 파도에 얻어맞더라도 바닷물 속에서 오랫동안 머물러 있어야 했다. 그래야 행여 파도를 타고 나가다 바다에 빠진다 해도 두려움이 덜할 것이 아닌가. 후배는 이런 내 심정은 전혀 알지 못한 채 음악을 들으며 독서삼매경에 빠져 있었다. 나는 바다에 들어갔다. 그러나 곧바로 한 번, 두 번, 세 번, 파도에 가볍게 튕겨져 바닷가로 내동댕이쳐졌다. 비키니는 민망스러울 정도로 위로 올라가거나 아래로 내려와 정신이 없는 가운데서도 그것을 제자리로 되돌리는 데 애써야 했고, 묶었던 긴 머리는 풀려나가 어느새 산발이 되었으며, 선글라스는 파도 속에서 흔적도 없이 사라질 뻔했다.

'오, 이건 아주 진짜 파돈데?'

어느덧 마음속에선 슬그머니 오기와 재미가 생겨나기 시작했다. 해변의 여유로운 시선들이 파도 속에서 혼자 이상하게 기를 쓰고 있는 멀쩡하게 생긴 이 동양 여자에게 집중되었다. 그러든 말든 나는 머리카락과 비키니의 끈을 한껏 조여 맨 후 다시 바다에 들어갔다. 가다가 밀리면 나오고, 다시 들어갔다가 남게 되면 남고, 갔다가 밀리면 다시 들어갔다.

한 시간가량의 파도 훈련을 마치고서 나는 지친 모습으로 천막에 돌아왔다. 후배가 "언니, 왜 그래요?" 하며 눈을 동그랗게 뜨고서 물었다. 그제야 나는 계획하고 있던 일에 대해 자세히 털어놓았다. 후배는 도무지 이해할 수 없다는 표정을 지었다. 그는, 작은 배를 타고 바다에 나가는 것이 난데없이 왜 무대와 연관되는 것인지, 무대에 대한 두려움은 더 많은 연습과 무대 경험을 통해서 해결해야 하는 것이 아닌지, 또 만약 위험한 일이 벌어진다면 어찌할 것인지 등에 대해 이야기하며 한참 열을 올렸다. 나 또한 바다에 대한 나의 감동과 느낌과 의지를 더욱 더 자세하게 설명했다.

그때 불현듯 바람이 불어와 한기가 느껴졌다. 눈을 돌려 보니 놀랍게도 어느샌가 비구름과 강한 바람이 온 세상을 장악하고 있었고, 사람들이 서둘러 해변을 떠나고 있었다.

먹구름으로 인해 사방에는 아름다운 어둠이 내려앉았다. 저녁 식사를 하기에는 아직 일렀으므로 우리는 근처의 기념품점을 둘러보기로 했다. 꼬불꼬불하고 좁은 길을 조금만 따라가다 보면 몇 안 되는 상점들이 나왔다. 인도에 처음 온 후배는 은 귀걸이, 조개 귀걸이, 엽서, 달력, 나무 조각품, 옷가지, 등잔 등 인도 전역에서 온 물품들을 하나하나 흥미롭게 구경했다.

그와 달리, 나는 물끄러미 아무 곳에나 시선을 던지고서 조금 전의 이야기를 계속해서 곱씹었다. 후배가 길길이 뛰며 반대하자, 용기를 내려 노력하고 있던 나의 마음에 불안이 더해졌다. 그의 말은 하나도 틀린 것이 없었다. 그러나 어찌하랴? 합리적으로 따지기 전에 나는 그렇게 느껴버렸고, 마음은 이미 바다 한가운데에 가 있었다.

문득, 상점 주인에게 물어보자는 생각이 들었다.

"아저씨는 여기서 오래 살았나요?"

"네, 26년째지요."

"그럼, 작은 배를 타는 어부들에 대해서도 잘 알겠네요? 혹시 그들이 사고를 당한 적이 있나요?"

"아니요, 지금까지 그런 적은 단 한 번도 없었다고 알고 있어요. 그들은 베테랑이죠. 그들은 바다를 알고, 파도를 알고, 나가고 들어와야 하는 때를 알죠."

"진짜요?"

"네, 네. 그렇다니까요."

상점을 나서는데 빗물이 후드득후드득 떨어졌다.

이내 쏴아 비를 퍼부어대는 검은 하늘. 그 모습을 보며 후배가 "내일 아침에는 어부들도 바다에 못 나가는 건 아닌지 몰라…"라고 조심스레 말을 꺼냈다. 세상을 들어 올리려는 듯 천둥번개가 치며 사방이 번쩍거렸다. 험한 빗살과 몰아치는 바람으로 그로테스크한 장면을 자아내고 있을 검고 화려한 바다의 모습이 곧 상상되었다. '태양이 가득 찬 바다와 비 내리는 바다를 모두 볼 수 있기를!' 여행을 떠나올 때 내심 기원했던 바가 이루어지고 있었다.

그날 밤, 완벽한 폭풍우가 몰아쳤다. 포근한 이불 속에서 맞이하는 바닷가의 폭풍우는 아름다웠다. 다음 날 아침에 배를 탈 수 있을지의 여부가 달려 있기는 했지만 마음은 덤덤했다. 바다에 나가고 싶은 마음은 여전했으나, 다른 한편으로 날씨 때문에 배가 뜰 수 없다면 괜찮은 핑계거리가 생기는 것이었다.

넷째 날

눈을 떴을 때는 이미 일곱 시였다. 부랴부랴 방문을 나서는데 후배가 "언니, 아마 배 안 떴을 거예요…" 하며 붙잡았다. 어찌 되었든 일단 가보겠다는 말에 그도 함께 따라나섰다. 부슬부슬 내리는 비, 후덥지근한 공기, 바다 내음. 이른 아침부터 야자수 밑에서 주황색의 코코넛을 팔기 위해 준비하는 사람들을 보니 아라비아 해변에 와 있음을 다시 실감할 수 있었다. 모래사장 저편에 사람들이 모여 있었다. 배도 띄엄띄엄 보였다. 나는 힘차게 달려갔다.

• 먹구름과 비와 바람의 아라비아 해
•• 이른 아침, 바다에서 뿌자를 지내고 있는 인도인들

"오늘 아침에도 바다에 갔다 왔나요?"

숨을 가쁘게 내쉬면서, 나는 그물 속에 드문드문 걸려 있는 생선과 게를 쳐다보았다. 어부들은 이른 새벽에 바다가 잠시 잠잠해졌을 때 다녀왔다고 했다.

"아아…"

나는 작게 신음했다. 그런 나를 보며 어부 아저씨가 말했다.

"오늘 아침에 왔더라도 아가씨는 나갈 수 없었어요."

내가 계속해서 안타까워하자 아저씨는 그날 저녁의 뱃길을 시도해 보자고 했다. 우리는 저녁 다섯 시에 다시 그곳에서 만나기로 약속했다.

후배와 나는 어부 아저씨들 옆에 쭈그리고 앉아 그물에 얽혀 있거나 이미 통에 담긴 생선들을 구경하기 시작했다. 몸부림치는 생명! 그 팔딱이는 생명을 마주하고 있으니 순간적으로 여태껏 어떻게 생선을 먹어왔는가 하는 생각이 들었다. 어부 아저씨들은 그물에서 게를 떼어낼 때면 먼저 집게발을 부러뜨렸다. 집게발이 아저씨들의 손가락을 여지없이 물어버리기 때문이었다. 그때, 나는 보라색과 파란색이 교차하는 게를 발견했다! 한 번도 본 적 없는 아름다운 게였다. 한 아저씨가 그 파랑 게의 집게발을 잡고서 부러뜨리려 했다. 내가 나도 모르게 "안 돼,

말할 수 없는 느낌이 가슴에 차오르기 시작했다.
무언가, 무언가를 해야 할 것 같았다.

안 돼요! 그대로 놔둬요!"라고 소리 지르자, 아저씨들은 내 반응이 재미있다는 듯 서로 얼굴을 쳐다보며 웃고는 집게발을 그대로 조심스레 뜯어내어 통에 던졌다. 신비로운 빛깔의 조화. 나는 넋이 나간 채 한참 동안 쭈그려 앉아 그들을 바라보았다. 나를 사로잡은 너희의 아름다움도 곧 어느 부엌 한구석에서 사라지겠지…

고개를 돌리다가 이번에는 정말 이상하게 생긴 두 놈에게 눈이 멈췄다. 생선이기는 한데 일반적인 생선과는 모양이 조금 달랐다. 어리벙벙하게 생겼으나 귀엽다면 귀여운, 알 수 없는 놈들이었다. 물이 아닌 낯선 모래 위에서 힘들어하고 있는 모습이 역력했다. 구멍만 빠꼼히 뚫린, 축 처진 눈이 그들의 슬픈 상황을 그대로 말하고 있는 듯했다.

"아, 상어다!"

후배가 외쳤다. 그렇구나! 아기 상어가 이렇게 생겼구나! 나는 상어 새끼를 본 적이 없었다. 아저씨들에게 물으니 상어가 맞는다며 놈들을 들었다가 툭 던져놓았다. 아, 안 돼요, 그러면 아프잖아요! 그 순간 묘한 감정이 밀려왔다. 말할 수 없는 느낌이 가슴에 차오르기 시작했다. 무언가, 무언가를 해야 할 것 같았다. 나와 그들 사이에 분명 어떤 특별한 인연이 있는 것 같았다. 문득, 일 년 전에 읽었던 책이 머리를 스치고 지나갔다. 그것은 방생放生에 관한 이야기였다. 그래! 바로 그거야! 나는 이 친구들을 바다로 돌려보내기로 했다.

“아저씨, 저 파랑 게 두 마리하고, 이 상어 새끼 두 마리, 얼마에요?”

나는 게와 상어를 각각 담은 비닐을 들고서 파도 근처로 갔다. 후배와 어부들 그리고 아침 바다를 구경 나온 인도인 여행객들이 내 뒤에 죽 늘어서서 지켜보고 있었다. 잠시 동안 자리에 서서 게와 상어가 무사히 바다로 돌아가기를 기원했다. 파도가 한 번 쏴 들이쳤다 나가자 이내 그들은 보이지 않았다. 무어라 말할 수 없는 느낌이 가슴속으로 밀려들었다. 비록 짧은 만남이었지만 내 마음속에서 꿈같이 머무를 친구들. 바다 표면을 보아도 바다 밑의 너희들이 생각날 거야. 다시 잡히지 말고 쑥쑥 자라서 바다를 휘휘 젓고 다녀야 해. 하지만 또 볼 수 있을지도 몰라. 내가 혹여 바다에 빠져 위험에 처하면 나를 구하러 와줘.

모래사장을 맨발로 걸으며 나는 예전에 읽었던 그 신비로운 이야기를 후배에게 들려주었다.

> 주인공은 어렸을 때부터 남해에서 함께 자라온 아내와 결혼한 후 부산에서 배를 타며 생활해나갔다. 영국에서 방글라데시로 곡물을 싣고 가는 배를 탔던 그는, 새벽녘에 당직을 서다 갑작스런 파도를 만나 목격자도 없

이 갑판 위에서 바닷속으로 떨어지고 말았다. 간신히 목숨을 건진 그는 온 힘을 다해 헤엄치며 바다 한복판 위에 떠 있고자 사력을 다했다. 열대였기 때문에 다행히 물은 아주 차갑지 않았다. 자신을 구하러 배가 돌아올 것이라 희망을 품고 기다렸으나 시간은 계속 흘러갔고, 그의 의식은 점점 무뎌져 갔다.

한참 후 그가 희미하게 정신을 차렸을 때, 배 밑에 딱딱한 껍질 같은 것이 느껴졌다. 자세히 살펴보니, 커다란 바다 거북이가 자신의 등으로 그를 떠받치고 있는 것이 아닌가! 거북이는 고개를 든 채 두툼한 앞발로 물살을 가르면서 수면을 헤쳐 나갔다.

그는 추락한 지 일곱 시간 만에 구조되었다. 그와 선원들이 바다 거북이에게 양주를 한 잔 먹여주고 다시 바다에 풀어주었을 때, 거북이는 물 위에 뜬 채 한참 동안 가지 않고 그들을 올려다보았다. 그가 거북이에게 재촉하자 그제야 천천히 바다로 헤엄쳐 돌아갔다.

그의 아내는 사건이 있기 전에 거북이 방생을 자주 해왔고, 사고 다음 날에도 방생하기 위해 주문을 해놓은 상태였다. 그 육 년 후에 부부에게 아들이 태어났다. 세 식구는 매년 사고가 났던 날이 되면 몸을 깨끗이 씻고 새 옷으로 갈아입고서 바다로 나간다. 그리고 해변 한쪽에 촛불 두 개를 켜고 그 사이로 거북이를 놓아 바다로 돌려보낸다. 하늘의 별이 바다에

고스란히 비치듯, 삼라만상은 모두 다 연결되어 있는 것이다.[ρ]

네 마리의 친구들을 바다로 돌려보내고 나니, 어느새 배를 타고 바다로 나갈 수 있는 마음의 준비가 온전히 되어 있었다. 밑도 끝도 없이 든든해진 이 마음은 도대체 어디서 오는 것인지! 겨우 몇 분의 만남이었고 겨우 몇 마리의 방생이었으나 이 부풀어 오른 기쁨은, 이 알 수 없는 행복은, 아마도 다시 살아난 그들의 파닥거리는 마음이 내 온몸에 전해졌기 때문인 것 같았다. 마음은 보이지 않기 때문에 가장 빠르고, 사랑의 간절한 부름은 시공을 초월한다. 사람과 사람의 마음이 통하듯 사람과 네 발 동물, 사람과 새, 사람과 물속 생물, 사람과 식물의 마음이 통한다. 나는 바다로 돌아간 그들의 마음에 의지했다. 만약 파도에 휩싸여 내게 무슨 일이라도 생긴다면 그들이 날 도우러 올 것이었다.

그날은 하루 내내 강약의 비가 내렸다. 온 세상은 은빛과 회색빛 안개로 가득 찼다. 하늘과 바다와 파도가 모두 은은한 물빛을 띠었다. 우리는 침대에 누워 책을 읽거나 옅게 잠들었다가 다시 깨어나 이야기

[ρ] 권기태, 『일 분 후의 삶』, 랜덤하우스, 2007, 32~57쪽을 발췌 요약

를 주고받았고, 시간은 그렇게 흘러갔다.

오후 다섯 시, 나는 방을 나섰다. 우산을 들고 좁다란 계단을 내려가 해안에 이르렀다. 저 멀리 안갯속에서 어부 아저씨들과 배가 희미하게 보였다. 배는 뜨지 않는 모양이었다. 다들 바닷가에 나왔다가 삼삼오오 다시 돌아가고 있었다. 어부 아저씨가 웃으며 이번에도 안 되겠으니 다시 내일 아침을 기다려보자고 했다. 나는 거의 울상이 되었지만 어쩔 수 없었다. 이렇게 여러 번 반복되는 취소가 오히려 원하는 것을 더욱 간절히 원하게끔 만드는 비밀스런 촉매제 같았다.

그날 저녁을 장식한 것은 황금빛과 주홍빛의 노을이었다. 나는 두둥실 흩뿌려져 있는 먹구름과 가려져 보이지는 않으나 어디선가 사라지고 있을 태양의 금빛 찬란한 흔적 속에 홀로 서서 눈을 감았다.

다섯째 날

이른 아침에 나는 바닷가로 나갔다.

비와 천둥번개가 언제 왔었냐는 듯 하늘은 푸르고 화창했다. 바닷가의 파도가 흰 거품을 머금고서 신나게 휘몰아치고 있었다. 어부들은 배 점검을 하느라 분주한 듯했다. 아저씨가 멀리서 나를 보더니 손을

나는 두둥실 흩뿌려져 있는 먹구름과
가려져 보이지는 않으나 어디선가 사라지고 있을
태양의 금빛 찬란한 흔적 속에
홀로 서서 눈을 감았다.

수직으로 번쩍 들고서 "갑시다!"라고 큰소리로 외쳤다. 순간, 숨이 턱 멈추면서 내 가슴에서 흰 뭉게구름이 뭉실뭉실 피어올랐다. 나는 모래사장을 힘차게 달려갔다.

막상 자그마한 배 안에 앉으니 마음이 덤덤해져 왔다. 조각배는 반달 모양으로 소박하게 짜인 아름다운 목관木棺 같았다. 드디어 모래 위의 어부들이 배를 힘껏 밀어주자 우리는 파도 위로 두둥실 나아갔다. 앞으로 가는 듯, 뒤로 밀리는 듯, 다시 나아가는 듯, 다시 밀려오는 듯, 배가 수차례 위로 솟았다 가라앉았다. 그러나 몇백 개의 물방울 세례가 이어지는가 싶더니 우리는 이내 거울같이 조용한 바다 위로 나와 있었다. 앞에 앉아 있던 아저씨가 고개를 돌려 나에게 씽긋 웃어 보였다. 나도 얼른 뒤를 돌아보니 어부 아저씨가 나를 향해 함박웃음을 짓고 있었다. 며칠 동안의 정이 고스란히 배어 있는 미소였다. 우리는 두런두런 이야기를 주고받으며 더 깊은 바다로 나아갔다.

뜨거운 태양.

잔잔한 바다.

팔을 뻗으면 바닷물이 바로 닿았다. 나는 양손을 수면에 담근 채 나아갔다. 미동도 없이 앉아 있는 내 뒷모습이 지루해 보였는지, 아저씨가 갑자기 나더러 일어서보라고 성화를 부리기 시작했다. 처음에는 머리를 설레설레 저었으나, 나는 곧 조심스레 배 한가운데에 일어섰다.

시야가 훤히 트여왔다.

쪽빛의 망망한 바다…

그리고 나…

나는 하나의 점이었다. 눈을 돌려 저 너머 바닷가를 바라보았다. 그곳 사람들도 역시 흩어진 점들이었다. 그뿐, 그뿐이었다. 아무런 생각도 들지 않았다.

나는 그렇게 한참 동안 서서 저 너머 먼 곳을 바라보았다. 그러다 문득 시선이 발밑을 향했다. 바다에 들어가고 싶어졌다. 나는 바다로 들어갔다. 두 다리는 지느러미가 된 듯, 아라비아 해를 힘차게 젓기 시작했다. 수면 위로 나온 얼굴이 강렬한 태양을 고스란히 받아 금세 붉어지고 화끈거렸지만 장난기 어린 미소는 떠나지 않았다.

바다의 무대가 극장의 무대로 어떻게 이어질까?

나는 잔잔하게 출렁이는 아름다운 아라비아 바다의 물결들을 몸에 간직한 채 무대에 오르게 되었다.

먼쩌
뻐러베셔

드디어 그날이 다가왔다

먼쩌 뻐러베셔

'먼쩌 뻐러베셔'란 무대Mancha, Stage에 오르는 것Prabesha, Entry을 의미한다. 여러 해 동안 기량을 닦아 준비된 무용수가 신들과 스승들과 관객들 앞에서 공개적으로 춤을 선보이며 인도고전무용수로서 공식적으로 인정을 받는, 일종의 프로 데뷔 무대이다. 이는, 오디시계에서는 필수적이지는 않으나 선망의 대상이 되고, 인도의 다른 전통 예술계에서는 죽 이어져 온 매우 역사 깊은 통과의례로, 새로운 무용수가 정식으로 탄생하는 영예로운 자리이다.

나는 외국인 무용수이므로 내용뿐 아니라 형식에서도 인도인 무용수들보다 더 철저하게 그 정통성을 인정받아야 한다는 데 선생님들의 의견이 모아졌다. 그러므로 먼저 뻐러베셔는 피해 갈 수 없는 무대였고, 욕심나는 무대였으며, 그만큼 두려운 무대였다. 먼저 뻐러베셔를 오래전부터 생각해오긴 했지만 그 구체적인 사항들은 몇 차례에 걸쳐 변경되었다. 오디시 무용수는 부버네슈어러에서 인정받으면 델리·파리·뉴욕·런던 등 세계 어느 곳에서 공연을 해도 무서울 것이 없다는 말이 있다. 나의 데뷔 공연은 바로, 매서운 눈을 가진 오디시 스승들과 무용수들 그리고 자신들의 전통에 대해 자부심이 높은 관객들이 지켜보는 부버네슈어러에서 이루어졌기 때문에 스승님도 특별히 신중을 기하셨고 그만큼 여러 차례에 걸쳐 내용이 바뀌었던 것이다. 마침내 오디시를 시작한 지 만 오 년 만에 스승님으로부터 먼저 뻐러베셔에 대한 최종 승인이 떨어졌다.

우리는 두 시간의 공연을 준비하기 시작했다.

먼저 VIP 손님이 영어로 축하의 말씀을, 내가 오리야어·영어·한국어로 감사의 말씀을 전한다. 이어서 인도의 도제전통Guru-Shishya

Parampara에 따라 스승과 제자 간의 전수 예식구루 뿌자, Guru Puja을 갖는다. 그다음부터 오디시 노래 두 곡, 오디시 타악기 연주 십오 분, 오디시 무용 네 작품 등 나의 솔로 무대가 본격적으로 시작되는 것이었다. 이 공연의 주요 특징은 '오리사 전통의 가歌, 무舞, 악樂, 언어를 모두 공부해오고 있는 외국인 오디시 무용수의 데뷔'로, 여태껏 인도 전역 어디에서도 찾아볼 수 없는 무대였다.

스승님은 내가 출 무용의 네 작품 중 세 작품을 새롭게 만들기로 하셨다. 나의 특징을 보다 잘 부각시키기 위해 기존의 작품이 아닌, 아예 나를 위한 작품을 새로 만들기로 한 것이다.

예를 들면, 예술과 학문의 여신인 서러스워띠Saraswati에 대한 작품이 있었다. 서러스워띠 여신은 항상 두 손에 고대 현악기가 비나Veena를 들고 연주한다. 오리야어에서는 'V'도 'B'로 발음되기 때문에 Veena는 Beena가 된다. Beena는 인도 여성의 이름이기도 하다. 그래서인지 내가 "내 이름은 빛나에요"라고 소개하면 인도인들은 열 명이면 열 명 모두 "이름이 비나Beena라구요? 인도 이름이네요?!"라고 반응했다. 나는 이렇게 저절로 Beena가 되었고, Beena라는 나의 이름은 인도인들에게 언제나 나와 서러스워띠 여신을 함께 떠올리게 만들었다. 나의 성姓인 '금'은 '거문고 금琴'인데, 거문고의 본래 모델이 되는 악기가 바로 인도의 비나Veena라는 글을 읽기도 했다.[9] 여하튼 이름도 이름이지만, 스승님이 보시기에 나의 체격이나 이미지가 그 여신과 여러모로 비슷하다고 하여, 나의 첫 번째 작품을 서러스워띠 여신께 바치는 작품으로 선정한 후 새롭게 만들어나가기 시작하셨다.

많은 사람들과 수없이 만나며 창작 작업을 해나가는 과정에서 가장 돋보였던 분은 단연 스승님이셨다. 콧대 높고 바쁘기로 소문난 뮤지션들과 선생님들은 매번 인디안 타임으로 늦게 도착하여 일이 끝나기가 무섭게 서둘러 돌아갔다. 가장 먼저 도착해서 가장 마지막까지 남아계시는 분은 구루지였다. 또한, 그는 가장 예민하고, 가장 열정적이었으며, 가장 꼼꼼하고, 가장 엄격했다. 그러나 내가 색다른 의견을 내놓을 때면 어린 제자의 생각이라고 소홀히 대하지 않으셨고 하나하나 들어보신 후 괜찮은 것이 있으면 적극적으로 반영해주셨다. 작곡 도중 새로 만들어진 복잡한 구음볼, bol을 내가 바로바로 받아 적고 말하면 놀라시는 모습이었고, 내가 막히기라도 하면 머리를 쓰다듬어주시며 구음을 함께 읊어주시고는 했다. 아름답고 운율이 좋은 산스크리트어와 오리야어 시구를 위해 시인들과 학자들이 가사를 만들었고, 그것에 타악

[9] 전인평, 「거문고·비나 그리고 자케」, 『아시아 음악 연구』, 중앙대학교 출판부, 2001, 279~300쪽

• 곧 만나게 될 연인을 생각하며 침대를 꽃으로 장식하는 모습
•• 해탈에 이른 부처의 모습
••• 맨 왼쪽에서 구루지가 머르덜라를 직접 연주하고 계신다

기 스승님과 보컬리스트가 장단과 선율을 맞추었다. 새롭게 작곡된 선율과 리듬이 조화롭고 아름답게 어울려 퍼지면 갑자기 스승님의 어깨와 손과 얼굴 표정이 허공을 가르며 현란하게 춤추기 시작했다. 나는 그 광경을 목격했을 때 깜짝 놀라고 말았다. 그 순간 스승님께는 리듬과 선율밖에 존재하지 않는 것 같았고, 노장의 체면을 생각할 겨를도 없는 듯했다. 그저 흥을 따라 광적이고도 아름답게 리듬을 타는 구루지의 모습, 그 형이상학적이고 시적인 광경은 나의 뇌리에 강한 번개처럼 박혀버렸다.

작곡-안무-연습-녹음 등의 무용 작업과 더불어 보컬과 타악기 수업도 매일매일 이어졌다. 그 밖에도 극장 대관, 무대 장식, 조명, 음향, 팸플릿 등 각종 기획과 디자인에 관련된 일들을 꾸려나갔다. 특히 브로셔 제작에는 헤아릴 수 없는 정성과 시간이 들어갔다. 서울의 디자이너와 함께 인터넷 전화를 통해 수없이 디자인하고 고쳐 완성했다. 원하는 종이를 구하고, 뮤지션들과 선생님들의 사진을 찍고 수집하며, 모든 필요한 문장을 구성하고 번역하고 확인하는 데만 각각 몇 주일씩 걸렸다. 수개월의 작업 끝에 서울에서 인쇄하여 운송해온 브로셔를 받아보았을 때는 너무나도 뿌듯하고 만족스러웠다.

한편, 오리사의 VIP 게스트를 초대하는 것도 매우 까다로워서 수

십 번 전화하고 만나러 갔으나 매번 애매한 답변이 돌아올 뿐이었다. 다행히 마지막에는 주한 인도대사관의 적극적인 후원과 함께 대사님의 축사가 있었고, 오리사 주의 주수상도 직접 참관하여 축하와 격려의 말씀을 해주셨다.

또 한 가지 매우 중요한 준비 요소가 있었으니, 바로 이 모든 것을 움직이는 데 필요한 비용을 어떻게 마련할 것인가 하는 문제였다. 인도에서 하는 1일 공연이므로 그다지 비용이 들 것 같지 않지만, 새로운 작품을 세 개나 만들고 총 100여 명의 수고와 정성이 들어갔으므로 그만큼 많은 액수의 경비가 필요했다.

나는 후원을 받기 위해 무턱대고 델리로 올라갔다. 한인회를 통해 유명 한국 회사 임직원들의 연락처 목록을 얻었다. 전혀 알지 못하는 사람들이었지만 나는 일단 전화를 걸어 "안녕하세요. 저는 금빛나라고 합니다. 오리사에서 인도무용을 추는 사람입니다"라고 소개한 후, 공장과 사무실을 돌아다니며 사흘 동안 17명을 만나 후원을 요청했다. 하지만 나의 공연은 그야말로 '유명하지 않은' '개인'의 공연이었으므로 매번 거절만이 돌아올 뿐이었다. 그러나 마침내 부버네슈어러에 있는 한 한국 기업으로부터 후원을 받을 수 있었다.

이렇게 연습은 연습대로 하고, 스텝들을 섭외하는 것부터 회계 관리까지 하나하나 모두 도맡아 하다 보니 점점 스트레스와 부담감이 커져만 갔다. 일은 하고 또 해도 도무지 줄어들지 않았고, 무대에 대한 떨림과 두려움은 더해만 갔다. 나는 공연 날이 다가올수록 정신적으로나 육체적으로나 약해지는 것 같았다. 무용 인생에서 단 한 번밖에 없는 먼쩌 쁘러베셔를 이렇게 신경쇠약의 상태에서 맞이할 수는 없는 일이었다. 이런 상황을 대비해서 일 년 반 전에 아라비아 해의 잔잔한 바닷속으로 들어갔던 것이 아닌가? 그리고 일 년 전에 서울에서 먼저 단독 공연도 감행해보았던 것이 아닌가? 그러나 역시 이 모든 것을 혼자서 감당해내기는 역부족이었다.

이런 상황을 미리 예상하셨던 어머니는 모든 것을 제쳐놓고 인도로 달려오셔서 한 달간 나와 함께 지내셨다. 동생도 어머니보다 며칠 늦게 도착해서 옆에서 모든 힘든 일과 상황을 함께해주었고, 아버지는 우리가 한국에서 필요한 것이 생기면 우체국으로 달려가 바로바로 부쳐주셨다.

나는, 나를 이곳으로 이끈 나의 운명과 나의 신들에게 모든 것을 맡기기로 했다. 그리고 무엇보다도, 길다면 길고 짧다면 짧은 지난 오 년의 세월, 그동안 불태웠던 나의 땀과 나의 눈물과 나의 웃음을 믿기로 했다.

드디어 그날이 다가왔다.

도저히 해낼 수 없을 것 같았던 공연은 신기하게도 정해진 순서에 따라 착착 진행되었다. 한 순서가 끝나면 또 한 순서가 시작되었다. 네 벌의 옷을 갈아입는 가운데 긴장감이 끼어들 틈조차 없었다. 오디시계의 원로 스승들, 선후배 무용수들과 뮤지션들, 외국인 무용수들, 일반 관객들, 주요 신문사와 방송사의 기자들이 좌석을 가득 메운 가운데 두 시간의 공연이 찰나처럼 지나갔다.

기다리고 기다렸던 나의 데뷔 무대는 이렇게 막을 내렸다.

인생이란 이런 것일까?

한창 살아가고 있을 때는 일도 많고, 탈도 많고, 이유도 많고, 욕심도 많아, 차라리 확 포기해버리고 싶은 마음이 들기도 한다. 하지만 이미 전개되고 있는 삶은 끝까지 살아내야 하는가 보다. 그것을 완수해냈을 때는 그것이 실수투성이든 대만족이든 희로애락의 그 모든 색깔을 넘어서 불현듯 투명해지기에…

A distinct debut

DANCE Korean Odissi dancer and singer Beena Keum won hearts with an impressive performance.

SHYAMHARI CHAKRA

Connoisseurs of Odissi dance and music had a pleasant surprise in Orissa's capital city recently as Korean Odissi dancer-singer-percussionist Beena Keum staged her *manch pravesh* (debut performance). The young artiste, who landed in the land of Odissi five years ago, has got an amazing grip over Odissi dance, Odissi vocal music and Odissi percussion instrument of mardal apart from Oriya language, culture and tradition.

While the tradition of having a *manch pravesh* is nonexistent in Odissi dance, Beena invited all her gurus that included stalwarts like Gangadhar Pradhan (dance), Banamali Moharana (mardal) and Bijay Kumar Jena (vocal music) besides her family members from Korea to be a part of the sacred ceremony at Jayadev Bhawan at which Orissa Governor M.C. Bhandare was the special guest. She moved hearts by performing *puja* of her gurus, guests and parents and received their blessings in typical Indian tradition. She further touched all with her address to the audience in chaste Oriya.

A complete artiste in the making – she would be the first Odissi dancer to master its music and rhythm as a vocalist and percussionist – Beena began her concert with a popular Oriya song *ki sobha go kunje madana mohan* set to *raga Anand Bhairavi* that described the beauty of Krishna followed by a devotional number in praise of Lord Jagannath. It was amazing to see the artiste singing from her memory and not using the script. The melodious vocal recital with a stylized presentation was followed by a neat presentation of the *adi taal* on Odissi mardal.

TRADITIONAL FERVOUR *Beena Keum, Odissi dancer from Korea.*

Moving on, she commencing her dance recital with the traditional *mangalacharan* in which she aptly invoked the blessings of Saraswati, the goddess of arts, for a neat presentation. In an aesthetically crafted costume and elegant make up, the dancer of incredible beauty and grace made an arresting stage presence. Peerless were her portrayal of the movement of the swan on which Goddess Saraswati sits and the playing of the *veena* that the deity is identified with. Her next presentation – the pure dance number named as *pallabi* set to raga Rageshri failed to generate the desired impact for a slower tempo. However, her *abhinaya* (expressional dance) delineating the character of Radha's friend scolding Krishna for coming late to their place of secret union was captivating.

Beena's concluding recital was based on Buddhism that was quite closer to her heart as a student during her university days. The number – *Shanti Vani* – a prayer to Lord Buddha seeking peace on earth was a fitting finale to the carefully crafted concert.

현지 언론의 보도

ଗାୟନ, ବାଦନ ଓ ନୃତ୍ୟର ତ୍ରିବେଣୀ ସଙ୍ଗମ

ଭୁବନେଶ୍ୱର,୧୭/୨(ଇମିସ)ଃ ଜଣେ ବିଦେଶୀ କଳାକାର। ସେ ପରିବେଷଣ କଲେ ଓଡ଼ିଶୀ ସଂଗୀତ, ନୃତ୍ୟ ଏବଂ ମର୍ଦ୍ଦଳ ବାଦନର ତ୍ରିବେଣୀ ଧାରା। ଏହି ତ୍ରିବେଣୀ ପରିବେଷଣ ସହ ଆଜି ପ୍ରଥମ ମଞ୍ଚ ପ୍ରବେଶ କରିଥିଲେ କୋରିଆର ନୃତ୍ୟଶିଳ୍ପୀ ବୀଣା କିଉମ୍। ଦର୍ଶକଙ୍କୁ ମୁଗ୍ଧ ମଧ୍ୟ କରିଥିଲେ। କ୍ରମାନ୍ୱୟରେ ସେ ପ୍ରସ୍ତୁତ କରିଥିଲେ ଗୁରୁ ବିଜୟ କୁମାର ଜେନାଙ୍କ ଠାରୁ ଶିଖିଥିବା ଓଡ଼ିଶୀ ସଂଗୀତ 'କି ଶୋଭାଗୋ କୁଞ୍ଜେ ମଦନ ମୋହନ' ଏବଂ 'ଭଜନ ନୀଳ ଚକ୍ର ହେ', ଗୁରୁ ବନମାଳି ମହାରଣାଙ୍କ ପ୍ରଶିକ୍ଷିତ ଆଦି ତାଳରେ ମର୍ଦ୍ଦଳ ବାଦନ ଓ ଗୁରୁ ପଦ୍ମଶ୍ରୀ ଗଙ୍ଗାଧର ପ୍ରଧାନଙ୍କ ସଂଯୋଜିତ ଓଡ଼ିଶୀ ନୃତ୍ୟ। ନୃତ୍ୟ ଧାରାରେ ସେ ପରିବେଷଣ କରିଥିଲେ ମଙ୍ଗଳାଚରଣ, ରାଗଶ୍ରୀ ପଲ୍ଲବୀ, ଅଭିନୟ 'ଜଣା ନିକୁଞ୍ଜେ ଜଣା' ଏବଂ 'ଶାନ୍ତିବାଣୀ ବୁଦ୍ଧ ସ୍ତୁତି'। ଉତ୍ସବରେ ରାଜ୍ୟପାଳ ମୁରଲୀଧର ଚନ୍ଦ୍ରକାନ୍ତ ଭଣ୍ଡାରେ ମୁଖ୍ୟ ଅତିଥିଭାବେ ଯୋଗ ଦେଇଦେଇଥିଲେ।

현지 언론의 보도 (오리야어)

비가 내리면 여자가 내린다

여자는 태양광선을 피해 다녔다. 뜨거운 태양이 지글거리는 곳에서는 스카프로 얼굴을 둘둘 만 채 눈만 내놓고 다녔다. 태양에게는 늘 고마웠지만 무슨 이유에선지 태양을 향유하고자 하는 마음은 여자의 어디에도 없는 듯했다. 어릴 적, 바닷가에서 조개를 잡을 때도 놀이에 집중하여 잊고 있었을 뿐 태양을 즐기는 것은 아니었다. 여자는 태양과 쨍한 맑음을 그 자체의 독립적인 영감으로 즐겨본 적이 단 한 번도 없다.

흰 구름이 떠 있는 파란 하늘보다는 먹구름이 드리워진 어두운 하늘이 좋다. 아- 그럴 때면 여자의 가슴은 어린아이의 풍선처럼 부풀어

오른다. 또 다른 세상이 다시 다가오고 있는 것이다.

비를 부르고 있는 저 위의 드넓은 공간은 조명이 바뀌고 있는 무대이다. 훌륭한 조명이 훌륭한 공연을 만드는 법. 한낮의 밝음을 순간적으로(그러나 자신의 이론상으로는 설득력 있게 차근차근) 지배해버린 먹구름들에게서는 낭만적 위엄이 보이고, 바람으로부터 소식을 전해 들은 나뭇잎들은 가지에 달라붙은 채 온몸을 뒤흔들며 땅으로 향하는 비의 길을 말끔히 닦아낸다. 급작스레 바뀐 기류, 차가운 공기가 문득 여자의 살에 닿으면 그의 얼굴에는 달콤하고도 음흉한 미소가 피어난다. 사회자인 천둥번개가 요란한 소리와 번쩍이는 옷차림으로 등장하여 곧바로 화려한 공연이 시작될 것임을 알린다.

축축함과 화려함을 숭배하는 여자는 격하고 화려하게 쏟아지는 비를 스물네 시간, 삼백육십오 일 기다린다. 우레 같은 소나기가 몇 시간씩 지속되는 인도 몬순monsoon의 아름다운 밤. 사람들은 하나둘씩 집으로 숨어들고 모든 전깃불은 순식간에 사라진다. 칠흑 같은 어둠만이 비를 맞으며 밖에 서 있다. 여자는 우주의 한구석을 차지하고 앉아 황홀하게 그어대는 빗줄기를 즐긴다. 비는 꽃잎에 떨어지고, 풀잎에 떨어진다. 지붕에 닿고, 고인 물에 닿고, 흙에 닿는다. 길거리에 우두커니 서 있는 소에게도, 처량하게 방황하고 있는 개에게도, 지붕 밑에서 커피 잔

축축함과 화려함을 숭배하는
여자는 격하고 화려하게 쏟아지는 비를
스물네 시간, 삼백육십오 일 기다린다.

을 들고 서 있는 여자에게도 온다.

비는 안식처이다. 비가 내리면 이 세상에는 비만 존재한다. 안이비설신의眼耳鼻舌身意, 모든 감각에 비만 머문다. 비가 내리면 잠들 수 없다. 모든 감각의 촉수가 살아난다. 감각이 모든 것이다. 비는 천만 개의 반짝이는 푸른 연꽃 밭처럼 눈을 깨운다. 비는 인도 여인의 발목에서 짤랑이는 발찌 소리처럼 귀를 깨우고, 목젖과 미학을 축이는 향신료처럼 코를 깨운다. 비는 신화 속 감로수처럼 혀와 침을 깨우고, 벵골 바다의 회색 파도처럼 사납고도 은밀하게 살을 깨운다. 비는 끝없이 펼쳐진 은하수처럼 의식과 무의식을 깨운다. 마음속 은하수가 다시 펼쳐지는 시간. 타자他者로 이렇게 감미롭게 무의식과 의식이 깨어날 수 있음을, 감사할 수밖에 없다.

비의 존재로 인해 이 세상은 모두 잊힌다. 내내 감돌던 지루함도, 두려움도, 슬픔도, 외로움도 순식간에 사라진다. 비는 세상으로 내리꽂히는 투명한 창살이다. 여자는 모든 것으로부터 고립된다. 비는 맑은 방패이다. 여자는 모든 것으로부터 보호된다. 비는 여자의 몸을 채운다. 여자는 비로 가득 찬 잔이다. 오직 비만이 존재한다. 고요한 배경일수록 좋다. 비는 감미롭게 눈을 감겨주는 자이다. 비와 우주와 별과 여자가 닮아 있음을, 비가 내리면 여자가 내린다는 그대의 말을 떠올리며, 나는 잠이 든다.

비의 연인

먹구름은 나의 연인

검푸른 그대가 성큼 다가오면

나는 눈을 감습니다

저 드넓은 공간

부드러운 그대가 가슴 펼치우면

나는 한 겹의 얇은 근심도 걸치지 않고서

그대 앞에 섭니다

하나-둘-셋-넷-다섯 손가락이 차례차례 열리고

손끝에선 아름다운 꽃이 피어납니다

가슴에선 그댈 닮은 새 한 마리

저 멀리 날아가고

나는 이렇게 다시 내립니다

나의 긴 치마가 땅을 적시고
나의 긴 귀걸이가 춤을 춥니다
그대 숨결
바람이 발등을 스치면
나는 치마를 살짝 걷습니다
바람이 발목을 스치면
나는 치마를 조금 더 걷습니다
바람이 종아리를 스치면
나는 치마를 조금만 더 걷습니다
바람이 무릎을 스치면
나의 입술이 감미롭습니다
어디선가
질투에 찬 태양이
근육 광선을 자랑해보지만
그대 태양에게 다가서고
다시금 환한 어둠 속,
우리는
또 다른 세상을 이어갑니다

• 비

잠

•

나는
광활한 검은 바다와 검은 우주로 들어간다

빨강 스쿠터

부버네슈어러에는 지하철이 없다. 버스가 있기는 하지만 그다지 활성화되어 있지 않다. 그 대신 인도의 다른 곳들처럼 오토 릭샤(삼륜자동차)가 많이 있다. 나도 처음에는 주로 오토 릭샤를 타고 다녔다. 릭샤 한 대를 혼자서 탈 때도 있었지만 그보다 훨씬 저렴한 '릭샤 합승'을 자주 이용하고는 했다. 그다음에는 자전거를 타고 다녔다. 하지만 자전거로 넓은 도시의 이곳저곳에서 일을 보는 것은 상당히 힘이 들었다. 그리하여 나는 마침내 스쿠터를 한 대 장만해서 타고 다니기로 결정했다.

부버네슈어러에는 자동차보다 오토바이와 스쿠터의 숫자가 압도적으로 많다. 그 일원이 된다는 데에 괜스레 가슴이 설레었다. 나는 구입 가능한 모든 스쿠터 기종을 시간을 들여 꼼꼼히 살펴본 후, 한 인도 회사의 빨간색 모델로 구입했다.

그 무렵 나는 한 요가 공동체에서 요가를 배우기 시작했다. 예순 정도 되어 보이는 요가 스승 한 분이 그곳의 모든 일들을 맡고 있었다. 이른 새벽마다 많은 사람들이 일터로 나가기 전 그곳에 들러 요가와 기도를 하고, 그에게 깊은 존경의 인사를 드렸다.

사람들은 그곳에서 여러 가지의 뿌자Puja, 제사 또는 기도 의식를 지내고는 했는데, 그중에는 자전거 뿌자 · 오토 뿌자 · 스쿠터 뿌자처럼 교통 매체를 가지고 지내는 제사도 있었다. 이런 뿌자를 처음 알게 되었을 때 나는 '별 희한한 것에 제사를 다 지내는구만…' 하며 의아하게 생각했다. 하지만 제사, 기도, 의례라는 것이 하나의 상징적 시간을 거치면서 스스로 새로운 다짐을 하게 되는 행위라고 본다면, 우리 일상생활의 모든 것이 이에 해당될 수 있는 것이었다.

스쿠터를 새로 마련했다면, 그 수많은 스쿠터와 구입자 가운데서 서로 선택되어 만난 인연에 감사하고, 나를 태우고 다닐 너와 나에게 아무런 사고가 없기를 기원하며 뿌자를 올리는 것이다. 그리하여 나도 스쿠터 뿌자를 올리기로 했다. 춤 수업이 없는 일요일 아침, 나는 요가

Pleasure

스승과 힌두 사제와 함께 조촐하지만 즐거운 뿌자를 지냈다. 빨강 스쿠터가 햇살을 받아 더욱 반짝거렸다.

며칠 후 어느 날 아침, 요가를 마치고 뜰에서 요가 스승과 함께 짜이를 마시고 있을 때였다. 그동안 보지 못했던 한 남자가 다가오더니 요가 스승에게 인사를 했다. 남자는 스승과 이야기하다 옆에 앉아 있는 나에 대해서도 몇 마디 물어보았고, 곧 저쪽에 세워둔 새 스쿠터가 내 것이라는 사실을 알게 되었다. 그는 내가 오리야어를 알아듣고 있다는 것을 모른 채 나와 스쿠터에 대해 요가 스승에게 이것저것 묻기 시작했다.

"저 모델이 좋나요?"

"그렇지, 괜찮아… 저 회사 제품은 믿을 수 있지."

"빨간색이 아주 예쁜데요? 색깔은 선생님이 정해주신 거예요?"

"아니야, 미리 말했더라면 정해줬을 텐데, 스스로 다 결정해서 산 다음에 가져왔어. 뿌자는 여기서 지냈고."

"그래도 괜찮은 거예요? 저 색깔… 괜찮아요?"

"그래. 다행히 본인한테 아주 잘 맞아, 잘 어울려. 괜찮아, 괜찮아."

"뿌자는 언제 했어요?"

"일요일이 좋다기에 지난 일요일에 지냈지."

"음… 그랬구나. 처음 타는 날은요?"

"뿌자 올리고 바로 타기 시작했다네."

나는 내 귀를 의심했다! 도대체 무슨 말인지 이해할 수가 없었다. 어떤 회사의 기종을 살 것이며, 무슨 색상으로 할 것인지, 뿌자를 올릴 날과 처음 타는 날까지 그 모든 것을 왜 요가 스승에게 물어보아야 한단 말인가. 어느 제품이 좋은지는 하나하나 따져보면 곧 알 수 있고, 색상은 내가 좋아하는 색으로 고르면 되는 것이며, 일이 없는 여유로운 날 뿌자를 드려야 하는 것 아닌가. 그리고 스쿠터를 샀으면 곧바로 타고 다니는 것이 당연하지 않은가.

그 남자가 떠난 후 나는 요가 스승에게 물었다. 스쿠터를 살 때 어떤 색상으로 할지 내가 결정하면 안 되는 것이냐고. 그러자 스승은 "여기서는 내가 모두 알려준다네" 하며 껄껄껄 웃었다. 이상했다. 왜? 도대체 왜? 그런 질문을 하는 사람들도, 당연한 듯이 답을 내놓는 요가 스승도 모두 이상하게 보였다. 그 의문은 풀어지지 않은 채 마음 한구석에 남았고, 시간이 갈수록 모든 것이 점점 더 이상하게 느껴졌다. 결국 요가를 하러 가는 날들이 점점 줄어들었고 나는 끝내 그곳에 가지 않게 되었다.

인도의 매력은 정말 너무나도 많지만, 그중에서도 근대화 이전의 사고방식과 모습을 일상생활에서 생생하게 접할 수 있다는 것이 내게는 아주 큰 매력이다. 예술계에서는 근대 교육 기관인 대학 외에도 스승과 제자가 대를 이어가는 도제 제도가 살아 있고, 가족 관계에서는 핵가족 또는 개인주의보다도 모두가 함께 한자리에서 살아가거나 영향을 서로 크게 주고받는 대가족 제도가 면면하게 이어져 오고 있다.

어떤 일을 결정하는 데에도 옛 방식이 남아 있다. 각 분야의 전문가들에게서 얻은 정보나 자신의 기분에 따라 스스로 결정하는 것이 아니라, 지혜롭고 경험 많은 동네 어르신께 여쭈어 결정하던 우리의 옛 모습이 인도에는 아직도 그대로 남아 있다. 특히 인도에서는 예로부터 천문학적인 지식이 제사-종교와 아주 밀접한 관련을 맺고 있었고, 이러한 지식을 공부하여 익히 잘 알고 있는 자들은 바로 전문 종교인들이었다. 사람들은 무슨 일이 있을 때마다 그들과 상담하여 대소사를 결정했다. 물건의 색상도 한 사람 한 사람의 천문학적 기운과 관련된, 종교적으로 매우 중시되는 요소이기 때문에 상담의 건이 되었다. 스쿠터의 색을 고르는 것도, 뿌자 날을 고르는 것도 모두 이에 해당되는 것이었다. 모든 것을 개인의 지식과 취향대로 정하고, 각자의 멋과 의지대로 해결하는 세상에서 살아왔던 나에게 그런 방식은 처음에는 어색하고 이상하게 느껴지기만 했다. 그러나 그것은 별과 태양과 달이라는 대우주와 인간이라는 소우주의 더 좋은 궁합을 살펴보는 아름다운 학문이었던 것이다. 요가 스승 또한 정신적 수행을 지도하면서 그의 지혜와 지식을 바탕으로 사람들의 일상다반사에 대해 상담해주었고, 사람들은 그를 믿고 경의를 표했던 것이다.

나는 오늘도 사랑스런 스쿠터를 타고
부버네슈어러를 마구 달린다.

거지 아줌마

나는 인도인의 검은 피부를 사랑한다. 한때는 사리Saree, 인도의 여성 전통복 사이로 보이는 내 흰 살결이 무언가 부족한 듯 느껴져 일부러 해변에서 갈색으로 태우기도 했다. 물론 삼 개월도 채 못 되어 본래의 색으로 되돌아왔지만.

볼리우드Bollywood 영화에 나오는 수많은 미남 미녀 배우들처럼, 어쩌면 인도의 북서부 사람들은 한국인보다 더 하얀 피부를 가지고 있는지도 모른다. 그러나 나는 인도인의 진정한 미학은 검은 살결에서 비롯된다고 생각할 정도이다. 인도 소녀의 커다란 눈망울은 코코아색 피부에서 더욱 사랑스러워지고, 길거리 노역을 하는 아낙네들의 누런 금색 코걸이는 구릿빛 얼굴 위에서 더욱 번쩍인다. 결혼식의 화려한 얼굴 화장과 손과 팔에 그려 넣는 복잡한 헤나 문신은 검은 살결을 바탕으로 더욱 화려해지고, 화사한 색색의 사리 사이로 보이는 군살 없는 검은 허리와 등과 목은 에로틱하기 그지없다.

그런데 이런 나의 감상과는 달리 인도 사회에서는 하얀 살결 또는 밝은 톤의 피부가 가장 절대적인 미의 기준인 듯하다. 같은 검은 피부라고 해도 그 속에는 '더' 검고, '덜' 검은 것이 있으며, 사람들은 그 차이에 대해 상당히 민감하게 반응한다. 높은 계급일수록 피부 톤이 더 밝고, 낮은 계급일수록 더 어둡다는 인식이 일반적이기 때문이다.

지금껏 내가 만난 인도인들 중에서 가장 까만 피부의 소유자를 말해보라면 그 자리는 단연코 우리 동네의 길거리에서 살고 있는 거지 아줌마에게 돌아갈 것이다. 내가 살고 있는 동네는 부버네슈어러에서 가장 잘사는 동네 중 한 곳으로, 작은 지역인데도 아기자기하게 정성 들여 가꾸어진 예쁜 공원이 두 군데나 있고, 집주인들은 시내 곳곳에 집을 몇 채씩 더 소유하고 있으며, 오리사 주의 수상이 살고 있는 지역이라 곳곳에 경찰들이 항상 진을 치고 상주한다. 인도에서는 공연이 한번 시작되면 아주 늦은 밤까지 이어지므로 꽤나 자주 밤길을 혼자 스쿠터로 달려 귀가해야 되는 나는, 큰 도로에서 가깝고, 선생님들 댁에서도 멀지 않으며, 치안 상태가 좋은 이 동네를 선택했다.

이런 동네의 길 한복판에서 엄마와 두 아들로 구성된 거지 가족 일당이 쓰레기와 다름없는 살림살이의 내장을 다 드러내 보이며 거주하고 있다. 이들은 끼니때가 되면 어디서 구했는지 완전히 찌그러진 그러나 분명 냄비 겸 식기의 역할을 하는 양철 그릇 아래 불을 지피고서 무언가를 열심히 만들어 먹는다. 45도까지 웃돌던 여름 기온이 10도로 뚝 떨어지는 겨울에는 각자 작은 투명 비닐을 덮고 그 위에 다시 조금 더 크고 두꺼운 파란색 비닐을 공동으로 덮고서 잔다. 이러다 보니 그들은 본의 아니게 동네에서 가장 눈에 띄는 사람들이 되었고, 특히 동네 집주인들에게는 동네의 주가를 떨어트리는 골치 아픈 눈엣가시거리가 되어버렸다. 동네 사람들은 이 거지 가족을 물리적인 힘을 써서 강제로 쫓아내려고 여러 차례 시도했다. 그러나 거지 아줌마 가족은 어김없이 다시 그 자리로 돌아왔고, 추방과 귀환의 반복 끝에 지금에 이르렀다고 한다.

사실 나는 그 가족과 아직 한 번도 말해본 적이 없다. 하지만 아침 수업에 가려면 반드시 지나가야 하는 길목에 그들이 자리 잡고 있기 때문에 그때마다 꼭 한 번씩 보고 지나간다. 각각 네 살, 여섯 살 정도로 보이는 형제는 꼬마답지 않게 세상에 잘 속을 것 같지 않은 얼굴을 하고 있다. 하지만 깔깔거리며 웃을 때 보면 그 또래 개구쟁이의 모습은 숨길 수 없다. 그런데 아줌마는 조금 특이하다. 그는 다른 인도 거지들에게서 흔히 볼 수 있는 특유의 과장된 제스처나 인위적인 웃음을 짓지 않는다. 오히려 일관되게 무뚝뚝하고 찡그린 표정을 하고서 지나가는 사람들을 가만히 바라본다. 또한 아줌마는 시내의 큰길가에 자리 잡은 거지들처럼 멋을 부리지 않는다.

나는 인도 거지들의 모습을 주의 깊게 보고는 하는데, 어디에서도 찾아볼 수 없는 미학이 그들에게 있기 때문이다. 그들은, 살인적인 더위와 공해로 땀구멍과 콧구멍이 다 막히고 구정물이 줄줄 흐르는 얼굴을 하고서도, 치마 뒤의 지퍼가 고장이 나서 등짝을 훤히 내놓은 채 돌아다니면서도, 내 고개를 돌리게끔 만드는 아름다움을 지니고 있다. 오랫동안 씻지 않았으면서도 두 쪽으로 나누어 기술 좋게 땋아 올린 머리, 깡마른 허리를 맵시 있게 감고 올라간 빛바랜 낡은 사리, 두 팔 가득 찰랑이는 다 깨진 팔찌 등으로 말이다. 그들은 아무리 길거리에서 살고, 더 이상 까매질 수 없을 만큼 까맣고, 쓰레기통을 뒤적여 살아가는 처지라 하더라도, 자신의 미를 가꾸길 갈망하고 실제로 이 세상의 모든 먼지로

뒤덮인다 해도 그 속에서도 번쩍이는 원초적 아름다움을 지니고 있다. 가장 더럽고 열악한 환경 속에서도 자기애에 대한 열망을 적극적으로 표현해내는 그들을 볼 때면 내 볼에도 사르르 미소가 피어난다.

그런데 내 이웃의 거지 아줌마는 나이와 성별을 가늠할 수 없을 정도로 연탄처럼 마냥 새까맣고, 세월에 모든 수분을 빼앗겨 쭈글쭈글하기만 하며, 볼품없이 여윈 모습에 언제나 화난 표정을 짓고 있어 마치 사리를 입은 마귀할멈을 연상케 한다.

그날도 역시 아침에 집을 나섰다. 수업에 늦을 것 같아 부랴부랴 헬멧과 짐을 챙겨 스쿠터에 올라탔다. 급한 마음에 허둥대며 점점 더 속도를 내고 있는데 마침 그 가족들의 터전을 지나게 되었다. 나는 바쁜 와중에도 습관처럼 거지 아줌마를 한 번 흘낏 쳐다보았다. 그런데 일 초도 되지 않은 그 순간 갑자기, 물감 방울을 떨어트린 듯, 내 가슴에 강렬한 진분홍빛이 번져나가기 시작했다. 늘 그렇듯 쓰레기 산을 이루고 있는 살림살이와 거친 흙바닥. 그 사이로 나는 보았다.

나를 향해 나란히 진열해놓은 듯, 찬란한 형광 빛으로 발하고 있는 아줌마의 아름다운 핑크빛 발가락 열 개를!

나를 따라오는 사람들

여기는 길고 깨끗하게 쭉 뻗은 아스팔트 도로.

요즘 들어 부버네슈어러 시가지에는 끝이 보이지 않을 정도로 훤하게 탁 트인 새 아스팔트 도로가 하나둘씩 생겨나기 시작했다. 나도 그 위를 시원하게 달려본다. 우와, 신난다! 울퉁불퉁 패인 곳도 없고, 우두커니 앉아 있는 소나 불쑥 튀어나오는 개도 없다. 차량이 뒤죽박죽 섞이지도 않고, 차선이 갑자기 사라지지도 않는 길.

시속 80킬로미터 가까이 속도를 내본다. 헬멧에 부딪히는 바람 소리가 요란하다. 늘 좁고 꼬불꼬불한 동네 길에서 느릿느릿 다니다 이런 도시형 도로를 달리면 온몸이 바람으로 상쾌하다. 운전자들은 쌩하며 거침없이 달려 나가는 한 여자의 모습에 화들짝 놀란다. 나는 검은 바탕에 훨훨 타오르는 불길과 입 벌린 하얀 해골이 그려진 헬멧을 쓰고 있다. 전통적이고 보수적인 이 도시를 빠르게 가로지르며, 하얀 해골은 헤헤헤 웃는다.

별다른 생각 없이 시내를 달리다 보면 남자들이 상당히 자주 따라 붙는다. 40대 아저씨들인 경우도 있고, 20대 초반의 아이들인 경우도 있다. 둘인 경우도 있고 혼자인 경우도 있다. 낮일 때도 있고 밤일 때도 있다. 도로에서 달리고 있을 때 나를 발견하고서 따라오는 것이 대부분이지만 어떤 때는 신호를 기다리느라 도로에 섰을 때 나를 보고서 따라붙기도 한다. 나보다 뒤에 있을 때는 그냥 나를 따라오면 되지만, 나보다 앞에 있을 경우 나를 확인하기 위해 계속 뒤를 돌아보며 가는 모습은 정말이지 코미디가 따로 없다. 도대체 저렇게까지 해서 왜 나를 따라오는 것인지, 뭐가 그리도 궁금한 것인지 정말 알 길이 없다.

나는 귀찮기 짝이 없지만 내가 가는 곳을 알리고 싶지는 않기 때문에 세 가지로 반응한다. 첫째, 갑자기 도로 위를 질주하는 것. 눈치를 보며 엉금엉금 쫓아오는 아저씨들이 엄두도 못 낼 정도로 갑작스레 속도를 내어 차량 사이를 싹싹 빠져나가 그들을 따돌리는 것이다. 둘째, 갑자기 속도를 떨어트리는 것. 어떤 때 내가 속력을 내어 달리고 있으면 멋에 민감한 20대 남자아이들이 부르릉 소리를 내며 나를 앞지르고는 바보같이 자기들끼리 키득거리며 좋아한다. 그들은 계속해서 내 주위를 맴돌며 내 시선과 신경을 자극한다. 그때는 속도를 확 떨어트려 뒤쪽이나 골목으로 빠져버리면 그 시원찮은 신경전이 곧 끝난다. 그런데 굳이 내 뒤를 끝까지 열심히 쫓아오는 아이들이 있다. 그럴 때면 셋째, 나는 아예 길 위에 멈춰 서서 그들을 손짓으로 불러 세우기를 시도해본다. 무엇 때문에 그리도 나를 따라오는 것인지 나도 무척이나 궁금하므로 그 이유를 직접 한번 들어볼 생각인 것이다. 그러나 그런 내 모습을 본 아이들은 땅에 발도 디디지 않고서 혼비백산 도망쳐버린다.

한번은 장을 본 후, 넘쳐나는 여러 개의 장바구니를 스쿠터의 의자 밑과 발 받침대에 꾸역꾸역 집어넣고 양쪽 핸들에도 간신히 걸고서 짐이 떨어지지는 않을까 어정쩡한 자세로 조심조심 가고 있었다. (가끔씩 나도 모르게 도로 한복판에 야채가 담긴 비닐봉지를 떨어트리고 와서 되돌아가 찾아와야 하는 경우가 있다.) 그때, 장난기 가득한 두 남자아이의 모습이 옆 차선에 어른거렸다. 아니나 다를까, 곧 싱글싱글한 목소리가 들려왔다.

"Hello madam? Where are you going to?"

그런 일이 한두 번 있는 것도 아닌 데다, 불안한 자세로 넘어질까 신경이 곤두서 있는 마당에 약이 오른 나는 꺅하고 소리를 질렀다.

"야! 너희들 'Hello, madam'이 뭐야? 'Namaskar, apa안녕하십니까, 누나' 라고 정중하게 못해? 니들 오리야어 못해? Hello가 뭐야?!"

훈계조의 오리야어가 내 입에서 술술 나오자 그런 것을 전혀 예상하지 못했던 아이들의 얼굴이 갑자기 놀라 굳어졌고, 아이들은 이내 전속력으로 미꾸라지처럼 차량들 사이를 빠져나갔다. 허둥지둥 사라지는 그들의 뒷모습에서 내 눈에 들어온 것은, 지저분해진 하얀 바탕에 어지러운 하늘색 연기 문양과 차가운 파랑 해골이 그려진 헬멧이었다. 부버네슈어러에서는 보기 드문 저 해골 헬멧! 순간, 동족이 된 듯한 묘한 느낌이 들며 웃음이 피식 나왔다.

그와 동시에 불현듯, 예전에 마주쳤던 한 힙합 청년이 생각났다.

"What time is it, ma'am?"

흘낏 옆으로 고개를 돌려보니, 한 남자아이가 헬멧도 쓰지 않은 채 검은 오토바이를 타고 달리면서 내게 큰소리로 말을 걸고 있었다. 둥근 얼굴과 넉넉한 몸집에 힙합 스타일의 커다란 티셔츠와 청바지를 입고 있는 아이였다. 한눈에 보아도 그 모습이 꽤나 잘 어울렸다. 그는 나와 눈이 마주치자 내가 무슨 말을 하기도 전에 고개 숙여 깍듯이 인사하고는 속력을 내어 도로를 빠져나갔다.

그 후로도 그 아이와 세 차례나 더 마주쳤다.

그 아이는 항상 어디선가 갑자기 나타나 나에게 몇 시인지 묻고 목례를 했다. 그러고는 이내 사라졌다. 처음 만났을 때는 미처 알아채지 못했지만, 그의 손목 위에서 번쩍이는 커다란 손목시계를 곧 볼 수 있었다. 여하튼 도로 위에서의 만남은 매번 그렇게 짧게 끝이 났고, 나의 기억 속에서도 이내 사라졌다.

나는 문득 그 아이가 궁금해졌다.

그 아이의 질문과 목례의 이상한 조합이 재미있게 느껴졌다. 이 작은 도시에서 보기 드물게 세련된 힙합 차림을 한 그는 어떤 아이일까? 언젠가 다시 그 아이와 마주친다면 내가 먼저 달려가 꼭 말을 걸어 보아야겠다.

오른손과 왼손

꼬나르께에서 살게 된 지 얼마 되지 않았을 때 오른손가락 하나를 칼에 베였던 적이 있었다. 나는 그때 인도 문화에 익숙해지기 위해 원칙을 정해놓고 열심히 실천하고 있었는데, 그 원칙이란 간단했다. '일단 인도인들이 하는 대로 모든 것을 따라 해볼 것!' 이것은 물론 식사 시간에도 해당되었다.

식사 시간이 되면 널찍하게 탁 트인 공동 식당에서 모두가 다 같이 정좌로 둘러앉는다. 식당 옆에서 잘라온 커다란 초록색 바나나 잎을 다시 작게 잘라서 하나씩 나누어 받는다. 손바닥에 물을 조금 받아 그 잎

• 김장 김치를 먹여주는 한국 어머니를 그린 벽화
•• 손으로 밥을 먹여주는 인도 어머니를 그린 벽화

• 잠

위에 흩뿌려 혹시나 묻어 있을 먼지를 대강 닦아낸다. 그 위에 김이 모락모락 나는 뜨거운 밥을 산 모양이 되도록 한가득 받은 후, 볼록 나온 그 산봉우리를 손으로 눌러 오목한 웅덩이로 만든다. 이때 자칫 잘못하면 손이 데이므로 입으로 후후 불면서 정말 조심해야 한다. 노란색의 걸쭉한 달Dal, 녹두 요리을 그 오목한 곳에 받고서 열기가 식도록 잠시 기다린 후 밥과 달을 손으로 섞는다. 인도 쌀은 우리 쌀처럼 찰지지 않고 우수수 흩어지므로 반드시 카레 같은 걸쭉한 액체 종류를 밥에 섞어 그 건조함과 흩어짐을 방지해서 먹는다. 이어서 다른 반찬들이 차례차례 놓이고 마지막으로 작은 풋고추와 보라색 양파 반쪽이 소금에 찍어 먹을 수 있도록 세팅되면 식탁 완성!

이제 오른손으로 맛있게 먹어볼까?

그런데 아니… 오른손가락에 연고와 반창고를 붙여놓았던 것을 나는 깜빡 잊고 있었다. 손으로 먹는 습관을 이제 막 들이기 시작한 나에게 숟가락이나 포크를 사용한다는 것은 나의 원칙에 어긋나는 일이었다. 그래서 나는 '오른손이 안 되면 왼손이지!' 하며 개의치 않고 왼손으로 먹기 시작했다. 그렇게 한참을 먹고 있는데 주변 사람들이 자꾸만 나를 쳐다보는 것 같았다. 게다가 거기에는 딱한 시선 같은 것이 섞여 있는 듯했다. 그때, 부엌일을 담당하는 아주머니가 내게 다가와 숟가락을 건네주었다. 나는 특별히 부탁하지도 않았는데 호의를 보여준 그에게 고마움을 표한 후, 괜찮다고 웃으며 계속해서 왼손으로 밥을 먹었다. 그러자 옆에 우두커니 서 있던 아주머니가 내 앞에 슬그머니 앉았다. 그러고는 자기가 먹여주겠다고 말했다. 나는 그것이 무슨 말인지 미처 이해하지 못한 채 벙벙한 얼굴로 그를 쳐다보았다. 아주머니는 재빠르게 자신의 오른손으로 밥과 달을 섞더니 반찬도 조금 집어서 내 입으로 가져다주었다. 세상에 맙소사… 지금 뭐하는 거야? 그러나 나는 눈앞에서 일어난 갑작스런 상황에 무방비 상태가 되었고 얼떨결에 나머지 밥을 모두 다 그렇게 받아먹었다!

인도인들은 오른손을 못 쓰게 되면 숟가락을 사용한다는 것, 그것도 불편하다면 누군가가 오른손으로 대신 밥을 먹여주기도 한다는 것을 나중에서야 알게 되었다. 그러한 광경, 엄마가 자신의 손으로 밥과 카레를 섞어 아이에게 먹여주는 모습은 그 이후에 꽤나 자주 보게 되었다. 그러나 나는 내 손은 몰라도 다른 이의 손으로 음식물을 섞어 받아먹는다는 것에 대해 내심 적응이 잘되지 않았다.

인도에서 지낸 지 약 사 년째 되던 해, 나는 겨울에 잠시 서울에 돌아왔다. 나와 동생은 어머니를 도와 김장 김치를 함께 담그게 되었다.

모든 준비 단계가 끝나자 배추에 넣을 속을 제대로 섞기 위해 여섯 개의 손이 한 통 속에 들어가 신나게 주물럭거렸다. 그러다 어머니가 당신의 손으로 김장 속과 배추를 돌돌 말아 우리 앞으로 내미셨다. 우리는 기다렸다는 듯이, 마치 어미 새에게서 먹이를 받아먹는 아기 새처럼, 고개를 쑥 빼고 입을 아- 벌려 맛있게 받아먹었다. 그 순간, 나는 손으로 밥을 먹여주고 있는 인도 엄마와 받아먹고 있는 아이의 모습이 떠올랐다. 그리고 속으로 외쳤다.

이 장면과 그 장면이 뭐가 그리 다르단 말인가!

인도인들 사이에서 오른손과 왼손은 각각 매우 명확하게 밥 먹는 손과 뒤처리하는 손으로 통한다. 대도시의 인도인들 집에서는 어떨지 몰라도 나는 여태껏 부버네슈어러를 비롯한 오리사의 화장실에서 휴지를 본 적이 없다. 일을 본 후 물(과 비누)로만 닦아내기 때문이다. 물론 왼손을 써서.

우리나라에서도 화장지가 보급되기 전에는 신문지나 철 지난 교과서 등을 이용해서 뒤처리를 했다고 하고, 환경을 위해서 물로 닦는 방식을 따르는 스님을 만난 적도 있다. 하지만 한국에는 이미 비데가 일반화되어 있고, 오른손이 되었든 왼손이 되었든 휴지를 사용하며, 수저로 밥을 먹기 때문에 오른손과 왼손의 엄격한 구분은 별반 필요 없는 일이다.

그러나 인도에서는 절대 왼손으로 물건을 건네지 마시길! 물건을 건넬 때는 두 손 또는 반드시 오른손으로 주어야 한다. 왜? 똥 닦는 손을 쑥 내미는 것보다 더 불손한 일은 없을 테니까! 그러므로 왼손으로 밥을 먹는다는 것은 아예 있을 수도 없는 일이며, 그때 왼손으로 밥을 먹었던 것은 딱한 시선을 받을 만한 일이었던 것이다.

인도에서 그 문화를 따르며 살아가고 있는 나는 어떨까?

저와 왼손으로 악수하실 분, 없나요?

나는 네게 계속해서 반하네

언젠가 어머니께서 아버지의 매력에 대해 말씀하셨던 적이 있다.

"너희 아버지가 지닌 커다란 매력에 반해 결혼했지만, 어떻게 그걸로 평생을 살아올 수 있었겠니. 너희 아버지는 더 나아지고 변화하기 위해서 일상에서 계속해서 노력하는 사람이야. 나는 그 모습에서 발산되는 작은 매력들에 순간순간 반해서 여태껏 함께 살아올 수 있었던 거야."

그 이야기를 들으며 난 문득 인도를 떠올렸다. 삼십오 년 세월이 넘는 아버지와 어머니의 결혼 생활에 어찌 비길 수 있겠느냐마는, 인도에서 생활한 지 팔 년째인 지금, 나는 조심스럽게 이야기할 수 있을 것 같다. 심오한 힌두 철학과 아름다운 오디시에 강하게 매료되어 인도에서 살게 되었지만, 수많은 어려움과 눈물 속에서도 지금껏 인도에서 지낼 수 있도록 만들어준 것은 바로 일상에서 반짝이는 인도의 작은 매력들이었다고. 나는 곰곰이 생각해본다. 인도가 내게 선사하고 있는 그 지속적인 매력이란 무엇일까?

지독한 무더위가 사람을 산 채로 익혀서 잡아먹을 것 같던 꼬나르꺼에서의 어느 날. 나는 도저히, 도저히, 그 더위를 견딜 수가 없어 내 작은 방에서 나와 식당으로 갔다. 식당은 규모가 크고 앞뒤가 모두 터져 있어 통풍이 잘되었기 때문에, 공동체에서 머무는 아낙들이 조금이라도 더 시원하기를 바라며 다 함께 밤마다 잠을 청하는 곳이었다. 나도 그 대열에 비집고 들어가 한 자리를 얻어 누웠다. 잠들기 전에 묵주기도를 하는 것은 어릴 적부터의 습관이자 나의 에너지를 충전하는 방법이었으므로 나는 그날도 기도를 한 후 작은 묵주를 손에 쥔 채 그대로 잠이 들었다.

다음 날 아침, 사람들이 하나둘씩 눈을 뜨기 시작했을 무렵이었다.

한 아주머니가 문득 내 묵주를 발견하고는 눈을 동그랗게 뜨며 묵주를 좀 보여달라고 했다. 난 망설였다. 힌두교도인 아주머니가 십자가

• 잠

가 달린 묵주를 보고서 어떻게 반응할지 내심 불안했던 것이다. 하지만 재차 독촉해오는 바람에 나는 쭈뼛쭈뼛 묵주를 건네주었다.

그런데 아주머니는 그것이 기도할 때 쓰는 구슬 다발인 줄 금방 알아차리고는 조용히 자신의 이마와 가슴에 묵주를 대고 경의를 표시했다. 오, 그것은 내 평생 잊을 수 없는 아름다운 장면이었다! 다른 종교에 대해 이렇다 저렇다 논쟁하기에 앞서서 성스러운 물건과 성스러운 마음에 존경을 표하는 모습. 나는 '그래… 이래서 내가 인도에 왔지'라고 생각했다. 그들은 아는 것이다. 영성의 세계, 눈에 보이지 않는 세계. 모든 것에 내재된 그 세계를 장황하게 설명하지 않아도 나는 이해받을 수 있는 것이다. 종교를 떠나 종교성 자체에 머리를 숙이던 인도 아낙의 모습은 살인적인 더위 속에서도 나를 시원하고 가슴 떨리게 만들어준 청량제였다.

한 미학 교수님의 말씀이 떠오른다.

진선미의 가치에서, 진眞과 선善에 고개를 돌리도록 만드는 것은 바로 미美라고. 진과 선이 아무리 훌륭한 가치라고 해도 그것이 아름답지 않다면 우리는 그것에 눈을 돌리지 않을 것이라고 하셨다. 성聖이라는 가치에서도 미美는 매우 중요한 역할을 한다.

아수라장을 방불케 하는 복잡한 도로. 그 한쪽에 자리 잡은 때 묻은 작은 사원. 간절히 두 손 모으고 고개 숙인 사람들. 저들은 무얼 기도하고 있는 걸까?

푸르스름하게 동이 트는 새벽과 붉게 석양이 지는 저녁. 집의 한쪽에서 조용히 타오르는 향의 내음. 깜빡이는 기름 등불, 꽃잎, 물잔, 이 집 저 집에서 돌림노래처럼 울려 퍼지는 작은 종소리… 번거롭게 느껴질 수도 있는 기도 의식을 매번 정성스럽고 아름답게 준비하는 그들의 마음이란!

파르스름하게 이끼 낀 옛 석조 사원들. 그곳에 조각된 석상들의 풍만한 몸을 손끝으로 느끼며 천천히 거닐다 보면 나는 어느새 시간을 거슬러 신화 속에 나오는 맨발의 무희가 된다.

신을 맞이하기 위해 대문 앞에 흰 쌀가루와 색색의 염색 가루를 두 손가락으로 조심스레 살살 뿌려서 그려놓은 다양한 문양들은 또 어떠한가? 그 아기자기한 구성과 알록달록한 색감의 배합에서 전해지는, 이름 없는 예술가들의 소박하고도 위대한 세계를 바라보고 있으면 나는 마냥 그렇게 행복해진다.

인도가 내게 보여주는 각양각색의 아름다움!

• 잠

시끄러운 경적 소리가 쉴 새 없이 울려 퍼지고 차량과 사람과 소가 한데 뒤섞여 정신없는 길거리. 그 옆 공터에 굵은 팔을 사방으로 뻗고서 묵묵부답으로 서 있는 커다란 고목 한 그루가 있다. 나무 아래에는 한두 사람만이 겨우 들어갈 수 있는 자그마한 판잣집이 있고, 걸쭉해진 갈색의 짜이Chai, 인도식 밀크 티가 끓고 있다. 하루 두 번의 티타임. 사람들이 나무 그늘 밑으로 옹기종기 모여든다. 주름진 미소와 몇 마디 잡담, 나무기둥에 비스듬히 기대선 채 마시는 2루피(약 50원)의 짜이. 사람들은 따뜻한 짜이 한 잔을 마시는 순간만큼은 모든 것을 잊고 2루피의 여유를 누려본다.

한 인도 여인이 바람결에 흘러내린 사리Saree의 긴 옷자락을 어깨 너머로 다시금 쓸어 넘긴다. 그것은 단순히 천을 넘기는 동작이 아니다. 사리에는 고대에서부터 지금까지 불어오는 인도의 바람과 아름다움이 고스란히 녹아 있고, 여인은 사리와 더불어 그 천 년의 시간과 연결된다. 여인이 사리의 긴 옷자락을 넘길 때 인도의 기나긴 역사와 매력이 함께 넘어간다.

시따 이야기

나는 큰 집으로 이사하면서 집에서 일하는 아줌마를 구하게 되었다. 한국에서는 집안일을 도와주는 사람이나 운전기사를 고용하려면 경제적으로 꽤나 여유가 있어야 하겠지만 인도에서는 우리가 흔히 말하는 부자가 아니더라도, 그러니까 한 달에 몇만 원 정도만 쓸 수 있으면 집안일을 돕는 사람이나 요리해주는 사람을 고용할 수 있다.

고용 비용은 일의 내용과 장소 그리고 일하는 사람의 능력에 따라 달라진다. 예를 들면, 델리에서 프랑스인 남편과 살고 있는 마유까의 집에는 일하는 아저씨가 일주일에 세 번 방문해서 집 안 청소와 설거지, 요리, 다림질을 한다. 아저씨는 영어를 구사할 줄 알고 인도 음식뿐 아니라 나름대로 이탈리아 음식까지 할 수 있다. 마유까는 그에게 약 13만 원(5,000루피)의 월급을 준다.

내가 살고 있는 부버네슈어러는 델리보다 작은 곳이라 기본적으로 물가가 낮다. 또한 내가 오리야어를 할 수 있어 영어를 못하는 사람이라도 상관이 없다. 우리 집에서 일했던 아줌마들 모두가 영어뿐 아니라 오리야어의 글자도 제대로 알지 못했고, 오직 오리야인들이 일상적으로 먹는 음식만 만들 줄 알았다. 그들은 매일 아침 두 시간 동안 집 청소와 설거지, 두 끼 식사를 위한 요리(같은 음식을 두 번 먹을 양으로 만들어놓는 것)를 하고서 한 달에 약 3만 원(1,200루피)을 받는다. 가사일을 돕는 아줌마들은 이렇게 하루에도 몇 집을 돌면서 일하거나 또는 한 집에서 급여가 충분히 지급된다면 그곳에 상주하면서 일을 한다.

인도의 시골이 되었든 도시가 되었든 한국이나 서양에 비해 인건비가 저렴하므로 인도에서 거주하는 외국인 가족들은 자연스레 집안일을 도와주는 인도인들을 고용하게 된다. 그리고 바로 그때부터 수많은 이야기들이 쏟아져 나오게 되는 것이다.

인정이 많은 우리 한국 어머니들은 인도 문화가 낯설고 인도인들과 언어 소통도 잘되지 않지만 힘들게 살아가는 그들의 모습을 보면 안

타까운 마음이 들어 작은 것 하나라도 더 챙겨주고 싶어 한다. 서양 친구들의 경우에는 인종차별과 빈부격차에 대해 매우 조심스러우며, 은연중에 옛 식민지 정책에 대한 자책감 같은 것이 있어 너그럽고 인자한 고용주가 되고 싶어 한다. 이유야 어찌되었든, 외국인 마님들은 까다로운 인도인 마님들보다 일하는 인도인들에게 훨씬 친절한 경향이 있다. 외국인 마님들은 인도인 일꾼들의 부탁을 쉽게 들어주거나, 작은 것이라도 무언가를 수시로 주고, 그들의 말만 믿고서 그냥 넘겨버리는 일이 많다.

그러다가 어느 날, 인도인 일꾼들이 심부름할 때 중간에서 항상 돈을 빼돌려왔다는 사실이 들통 나든가, 선물이나 선불을 계속해서 요구해오든가, 물건이 없어지든가, 혼자 사는 여주인에게 일하는 여자의 남편이 수상쩍게 접근해오든가 하는 등의 여러 가지 일을 겪게 되면 기겁을 하고 뒤로 물러서게 된다.

집주인과 집안일을 하는 사람들의 관계는 인도인들에게도 항상 문제가 되어왔다. 일꾼들은 계약 상태가 유지되고 있을 때는 직장 상사를 대하는 태도 이상으로, 그러니까 마치 그 옛날 '주인님'을 모시듯 행동한다. 내가 나이가 어리지만 나는 아줌마의 이름을 부르고, 반대로 아줌마는 나에게 마담 또는 디디('언니, 누나'라는 뜻의 힌디어)라는 존칭어로 대한다. 그러나 옛날의 하인들이나 노비들은 주인을 훌훌 떠나지 못했지만 이들은 조금이라도 기분이 상하면 당장은 단 한 마디 불평이 없다가도 월급을 받은 다음 날부터 돌연 나타나지 않는 경우가 허다하다.

이들과 좋은 관계를 유지하는 동시에 일의 효율성도 높이려면 무엇이 필요할까? 물론 애초부터 '좋은(?)' 사람을 구하는 것이 중요하겠지만, 아무리 좋은 사람이라도 내 방식이나 내 문화와 다른 부분이 많으므로 적절한 기술이나 요령이 필요하다.

화를 내거나 함부로 대해서도 안 되겠지만 반대로 너무 오랫동안 함께 웃거나 친구처럼 수다 떨지 말 것. 그들 앞에서 나의 사적인 이야기는 되도록 삼가고, 일처리에 관한 필요한 이야기만 주고받을 것. 돈이나 귀중품은 전혀 보이지 않는 곳에 보관해두거나 항상 내 옆에 두어 견물생심을 부추기지 말 것. 무언가를 주고 싶으면 평소에 여러 차례에 걸쳐서 자주 주지 말고 명백한 명분이나 이유를 가지고 한 번에 줄 것.

이렇게 써놓고 보면 쉽고 당연해 보이지만, 나는 여러 명의 아줌마들을 거치면서 실수하고 당황하기 전까지 이런 요령들의 필요성에 대해서조차 느끼지 못하고 있었다.

시따는 일 년 반 동안 나의 집안일을 도왔던 아줌마이다.

이전의 아줌마들이 굼뜨고, 청소나 설거지를 해도 어딘가 찝찝했던 것과는 달리 시따는 재빠른 이해력으로 집안일을 깔끔하고 신속하게 처리했다. 시따는 글자와 숫자도 잘 읽지 못했지만 내가 좋아하는 토마토 스프를 기가 막히게 만들었고, 소금을 적게 넣는 것 등 무언가를 딱 한 번만 당부하면 곧바로 알아듣고 조정했으며, 내가 모르는 오리사의 시골 음식도 계속해서 새롭게 선보였다. 그는 단지 집안일만 하는 것이 아니라 내가 아플 때 병원과 약국에 데려가 주기도 했고, 필요한 다른 심부름도 했으며, 무거운 것을 들어주는 등 남자의 힘이 필요할 때면 남편을 불러다 도와주기도 했다. 우리는 서로에게 팔찌를 사주기도 했고, 어디에 축제가 열리고 있으며, 어느 은방에 좋은 물건이 있는지 여러 가지 생활 정보를 나누기도 했다. 나는 시따와 아주 가깝게 지냈고 서로 위해주고 신뢰한다고까지 생각했다.

그러나 시따와 나 사이에는 너무나도 큰 간격이 있었다.

시따가 우리 집에서 일한 지 일 년 남짓 되었을까. 대학 후배가 인도 여행을 온 김에 우리 집에 들르게 되었다. 후배와 나는 식탁에 앉아 그동안 찍은 사진을 서로 보여주었다. 내 사진 중에는 태국 해변에서 찍은 비키니 차림의 전신사진도 한 장 들어 있었다. 마침 시따가 옆에서 청소하고 있다가 사진을 보고 싶다고 했으므로 보여주었다. 그런데 사진을 본 순간 시따의 표정이 급작스레 바뀌었고 사진을 뚫어져라 쳐다보더니 이게 뭐냐고 물었다. 나는 그저 여행 기념으로 찍은 사진이라고 답했다. 대부분의 인도 여성들이 바다에도 사리를 입고 들어가므로 비키니 차림이 다소 충격적일 수도 있겠다 싶었지만 대수롭지 않게 지나갔다.

이삼 일 후 나는 후배와 함께 여행을 떠났다. 그리고 며칠 후 집에 막 돌아왔을 때 위층 주인집에서 나를 다급하게 부르는 소리가 들렸다. 주인집 사람들은 내가 어디서 누구와 무엇을 하고 돌아왔는지 궁금해했다. 별로 내키지는 않았지만 몇 마디로 대답했다. 그랬더니 그들이 말하길, 내가 떠나자마자 시따가 주인집을 찾아와 내가 포르노 배우이고 아마 지금도 그런 걸(?) 하러 돌아다니고 있을 거라고 말했다는 것이었다.

그즈음 오리사에는 한 살인 사건이 큰 이슈가 되어 있었다. 오리사의 유명 정치인이 은밀히 유명 여배우를 애인으로 두고 있었는데 그 사실을 알 리 없는 젊은 수영강사가 여배우에게 끈질기게 접근해왔고, 정치인이 사람을 시켜 수영강사를 살해해버린 일이었다. 사건이 불거짐에 따라, 여배우에 대해서도 포르노를 찍었다는 둥 어쨌다는 둥 사실인지 아닌지 알 수 없는, 여하튼 험담조의 소문이 사람들 입에서 끊임없이 오르내리고 있었다. 시따는 은연중에 나를 그 이야기와 연관시켜 말하고 있었다. 나는 어리둥절하다 못해 헛웃음만 나왔다.

몇 시간이 지나 시따가 집에 왔다. 아무 일도 없었다는 듯, 시따는 밝은 표정으로 나를 맞았다. 나는 주인집에서 있었던 일을 들려주고 왜 그런 이야기를 했는지 물어보았다. 그러자 시따 자신은 그런 이야기를 한 적이 절대로 없다고 했다. 한술 더 떠서, 내가 빛나 마담을 얼마나 좋아하는데 왜 그런 말을 하고 돌아다니냐, 사람을 뭐로 보느냐, 섭섭하다고까지 했다! 맙소사… 기가 막혔다.

내가 없는 사이 집주인에게 내 욕을 하는 행동은 놔두고서라도, 나는 시따가 왜 하필이면 그런 내용을 지어내게 되었을까 몹시도 궁금했다. 곰곰이 생각해본 결과, 빌미 제공은 역시 비키니 사진밖에 없다는 결론에 이르렀다. 부버네슈어러처럼 보수적이고 작은 도시에서 좋지 않은 소문이 한번 퍼져 나가기 시작하면 불이익을 당하거나 답답해지는 것은 나였기 때문에 일단 오해는 풀어야 했다. 그리하여 나는 말 바꾸기를 할 수 없게끔 아예 시따와 집주인과 내가 모두 한데 모이는 자리를 마련했다. 나는 시따가 어떤 반응을 보일지 너무나도 궁금했다.

그날, 시따는 입을 싹 봉한 채 단 한 마디도 하지 않았다. 대신 측은한 표정으로 한쪽 벽에 기대서서 연거푸 눈물만 흘려댔다. 아, 교활

한지고! 하지만 지금 생각해보건대 시따보다 더 한심했던 사람은 바로 나였다. 그 어이없는 한바탕 소동을 겪었음에도 불구하고 그 후 나를 따로 찾아와 용서해달라고 싹싹 비는 시따 앞에서 마음이 약해져 다시금 집에서 일하도록 허락해버린 것이다. 그동안 함께 지내오며 쌓인 정을 단칼에 베어버릴 수 없었고, 내심 다른 아줌마와 다시 처음부터 시작할 것을 생각하니 막막하기도 했던 것이다.

미국에서 살고 있는 이란인 오디시 무용수 친구가 내게 스쳐 지나가며 했던 이야기가 기억난다.

"내가 인도인들에 대해서 잘 이해할 수 없는 것들 중 하나는 말이야, 서로 너무 쉽게 용서한다는 거야."

나 또한 그렇게 '쉽게' 용서하고 있었고, 문제는 꼬리에 꼬리를 물고 계속해서 이어졌다.

시따는 대단한 도둑이었다.

나는 은행에서 돈을 인출할 때마다 수수료가 들기 때문에 한꺼번에 목돈을 찾아 장롱 서랍에 넣어두고 쓰고는 했다. 지갑에서 돈이 나갈 때는 아껴 쓰지만 장롱 속에 남겨진 돈에 대해서는 얼마가 있는지 세거나 기록하지 않았다. 그런데 하루는, 장롱을 분명히 닫아놓았는데 부엌에 있다 오니 장롱 문이 반쯤 걸쳐져 열려 있는 것이었다. 이상했지만, 설마 시따가 장롱을 열었을까, 아니 내가 이렇게 놔두고 갔겠지 하며 두 가지 생각 사이에서 한참을 왔다 갔다 했다. 장롱 속에 돈이 정확히 얼마나 들어 있었는지 몰랐으므로 딱히 답이 나오지 않았다.

그때부터 시따가 청소하고 있는 방에 신경이 쓰였다. 금액도 정확하게 세어두기 시작했다. 하지만 나는 지갑이 든 가방을 내 옆에 둔다고 작정하고서도 뒤돌아서면 곧잘 잊어버리고는 했다. 그렇게 또 가방을 방 한쪽에 덩그러니 두고서도 잊고 있던 어느 날, 뒤늦게 확인을 해보니 지갑 속에는 500루피가 비어 있었다. 시따는 내가 다른 방에서 일하고 있을 때 장롱이나 가방에서 현금을 꺼내 가고 있었지만, 나는 그것을 전혀 모르고 있었다. 시따가 그때까지 얼마를 훔쳤는지는 더더욱 모를 일이었다.

문득, 옆집의 영국인 노부부가 생각났다. 시따는 그곳에서도 설거지와 청소를 해왔는데 최근에 일을 그만두었다고 한 것이 머릿속에 스쳐 지나갔다. 혹시 도둑질이 그 이유가 되었을지도 모른다는 느낌이 들었으므로 이에 대해 물어보기 위해 노부부를 찾아갔다.

아니나 다를까, 시따는 정기적으로 현금을 훔치고 있었다고 한다. 그것도 100루피 지폐는 쳐다보지도 않고 500루피 지폐로만. 부부는 시따를 의심했지만 딱히 증거가 없어 그냥 넘어가고 있었다. 그러던 어느 날, 할머니와 할아버지 두 분이 모두 집 안에 있었고 장롱도 잠겨 있었는데, 시따가 장롱의 열쇠를 찾아내어 장롱 문을 열고 그 안쪽 서랍에 채워져 있던 자물쇠까지 연 후 지갑에서 현금을 꺼내다 할머니의 눈앞에서 적나라하게 발각되었다. 그러나 시따는 당황하기는커녕 오히려 웃으며, 땅에 떨어져 있던 돈을 주워 지갑 안에 넣는 중이었다고 우겼다. 노부부는 지금 당장 이 집에서 나가라고 외쳤고, 이 근처를 또다시 얼씬거리면 경찰을 부르겠다고 경고했다. 이에 시따는 억울하다고 화를 내며 떠났다.

그 후 노부부가 며칠 동안 여행을 떠났다가 돌아와 보니, 2층의 작은 창문으로 누군가가 들어와서 수도꼭지, 전등의 나사, 액자를 걸어두었던 못, TV의 콘센트 등 작지만 없으면 곤란한 물건들을 모조리 박살내거나 빼서 달아났다고 한다. 그들은 집 안을 잘 파악하고 있는 시따와 그 남편의 소행이라고 생각하고 있었다. 시따가 복수(?)를 한 것이 사실이라면, 무서운 이야기였다.

예전에 들었던, 델리에 사는 인도 친구의 집에서 일어났던 운전기사의 복수극이 떠올랐다. 일하는 사람들 자신이 잘못을 했든 안 했든 불명예스럽거나 기분 나쁘게 일을 그만두게 될 경우 집주인들에게 어떤 식으로든 앙갚음을 하는 것이라면 정말 조심해야 할 일이었다. 더군다나 나는 혼자 살고 있지 않은가? 그렇다면 나는 과연 어떤 식으로 시따와 관계를 끊어야 할까? 지혜롭게 넘어갈 수 있는 최고의 방법이 무엇일까? 며칠간 곰곰이 생각한 끝에, 어차피 몇 달 있지 않아 나는 또다시 이사를 가야 했으므로 그때까지 모르는 척 내 소지품만 잘 챙기고 조용히 지내기로 했다. 이사라고는 하지만 바로 옆 골목으로 옮기는 것이었으므로 시따가 계속해서 일하러 올 수도 있었다. 하지만 나는 새 집인 만큼 모든 것을 새롭게 시작하고 싶다고 말했고, 그동안 고생했다며 수고비로 300루피를 더 얹어주었다. 시따는 고개를 끄덕이면서 만족하며 떠났다. 그 후로 아주 가끔씩 시따와 그 남편이 내게 전화를 해왔지만 특별히 대꾸하지 않고 거리를 두었다.

그리고 나는 새로운 아줌마를 구했다. 이름은 먼주.

먼주는 어떤 사람일까?

이제 또다시 어떤 이야기가 펼쳐질까?

궁금해진다.

오른쪽 위(파란 사리)가 먼주. 다른 두 사람은 윗집 일을 돌보는 따빠시와 사비뜨리

차이를 연상시키는 작은 일들

부엌에서 들려오는 소리

서울, 내 방에 누워 있으면
부엌에서 들려오는 소리가 있다.
달그락 달그락.
유리 식탁 위에 수저 놓이는 소리,
여름의 맑고 투명한 계곡물을 닮은 소리,
그리운 한국의 소리.

부버네슈어러, 내 방에 누워 있으면

이웃의 부엌에서 들려오는 소리가 있다.

콩 콩 콩 콩.

생강을 빻아 짜이를 준비하는 소리,

하루 두 번, 밤잠과 낮잠에서 일어나 마시는 짜이,

정겨운 인도식 자명종 소리.

잔돈

"모두, 116루피입니다."

나는 지갑에서 100루피짜리 지폐 두 장을 꺼낸다.

내가 꺼낸 지폐를 물끄러미 바라보며 상인이 묻는다.

"16루피, 잔돈 없어요?"

나는 다시 지갑 안을 살핀다.

"아니, 없는데요."

그는 떨떠름한 표정으로 다시 묻는다.

"6루피도 없어요?"

한숨을 내쉬는 나.

"없다니까요!"

할 수 없이, 84루피의 잔돈을 거슬러 주는 상인.

인도에서는 왜 그리도 잔돈을 요구하는지, 야채 가게에서도, 약국에서도, 대형 마트에서도, 오토 릭샤를 타고 나서도, 상인들은 언제나 구매자가 끄트머리에 붙은 액수를 잔돈으로 딱 맞춰서 지불해주기를 원한다. 나는 서울에 와서 현금으로 택시를 타거나, 물건을 사거나, 커피 값을 낼 때, 나도 모르게 잔돈이 있는지 늘 다시 한 번 지갑을 살피게 된다. 그러나 내가 잔돈을 맞춰서 정확한 금액을 자랑스럽게(?) 내놓아도 슈퍼마켓의 아주머니는 별다른 반응이 없고, 잔돈이 없어 미안해하며 고액지폐를 내놓아도 택시기사 아저씨는 짜증 하나 없이 너무나도 흔쾌히 받는다. 고객을 위해 거스름 정도야 언제든지 준비해놓고 있는 이 훌륭한 서비스! 그러나 나는 그것이 편한 것이든 불편한 것이든, 한 문화권에서 줄기차게 요구해오던 어떤 초점이 다른 문화권에서 빗나갈 때의 그 멋쩍음을 느끼며 속으로 피식 웃게 되는 것이다.

손빨래하는 법

탁탁, 탁탁, 탁탁, 탁탁.

무용 연습실의 화장실에서 이상한 소리가 들려왔다. 안에 누가 있냐고 묻고서 살며시 문을 열었다. 한 무용수가 쭈그리고 앉아 연습복을 세탁하고 있었다. 한 손으로 빨랫감을 고정시킨 후 다른 한 손으로 아래의 오돌토돌한 빨래판에 비벼 거품을 내는 한국식 손빨래만을 알고 있다가, 옷감에 비누를 묻힌 후 양손으로 들어 수직 아래로 재빨리 탁탁, 탁탁 리드미컬하게 내리치는 인도식 손빨래를 처음 보았을 때 그 모습과 소리가 모두 희한하게 여겨졌다. 저렇게 해서 때가 잘 빠질까, 비눗물이 많이 튀기지는 않을까, 이래저래 의아했다.

몇 년이 지난 어느 날, 서울 집 베란다에서 한참 손빨래를 하고 있는데 어머니가 언제 오셨는지 고개를 쑥 빼고서 "뭐해?" 하며 나를 보고 계셨다. 어머니는 내가 인도에서 처음 들었던 탁탁, 탁탁 하는 소리에 이끌려 오신 것이었다. 그러고 보니 나는 예전에 이상하게 여겼던 그 인도식 손빨래로 세탁을 하고 있었다. 그것은 어느새 내게 더없이 손쉽고 효율적인 손세탁 방법이 되어 있었다.

옛 인도인들의 키스법

극장에서 추어지는 오늘날의 오디시는 인도의 다양한 신화를 골고루 소재로 삼지만, 옛 사원에서 신을 위해 추어졌던 오디시는 오직 『기떠 고빈더*Gita Govinda*』의 내용만을 다루었다고 한다. 『기떠 고빈더』는 12세기경의 전설적인 시인 저여데버Jayadeva의 시집으로, 크리슈나 신과 여인 라다의 사랑 이야기를 담고 있다. 이 시집은 인도의 고전어인 산스크리트어로 쓰여 있어서 나는 정기적으로 산스크리트어 교수님을 방문해 함께 읽어나가고는 했다.

하루는, 크리슈나가 라다를 그리워하며 둘만의 아름다운 추억을 떠올리는 장면을 읽고 있었다. 그러던 중에 단 이슬 같은 천상의 음료를 가리키는 표현이 나왔다. 이것은 일반적으로 신들이 마신다는 암브로시아Ambrosia, Amrit를 일컫지만, 여기서는 연인이 키스할 때 입안에서 나누는 달콤한 침을 시적으로 나타낸 것이 아니냐며 내가 물었다. 그러자 선생님은, 이 시인이 살던 시대의 인도에는 요즘 우리가 말하는 프렌치 키스가 없었다고 했다. 대신, 아랫입술 안쪽의 가장 도톰하고 부드러운 부분을 서로 느끼고 나누는 방식이었다고 한다. 나는 그 옛 키스법이 사뭇 놀라웠지만, 많은 것들이 필요 이상으로 공개되어 있는 오늘날과는 달랐을 옛 인도인들의 비밀스럽고 은밀한 사랑 방식을 느끼며 이내 상념에 잠겨 들었다. 그리고 문득 우리 옛 한국의 연인들은 어떻게 키스를 했을까 몹시 궁금해졌다.

인도 냄새

한국에서는 인도 레스토랑을 일부러 찾아가지 않는 한, 일반 아파트 단지나 주택가 또는 길거리에서 인도의 향신료 냄새를 맡을 기회가 거의 없다. 그런데 하루는 아파트 길에서 인도 냄새를 너무나도 생생하게 맡은 적이 있었다.

나는 산등성이에 세워진 아파트에서 아래쪽으로 걸어 내려가고 있었다. 그때 다 찌그러져 가는 스쿠터 한 대가(뭔가를 배달하고 있는 것 같았다) 가볍고 소란한 엔진 소리를 내면서 위쪽으로 올라오기 시작했다. 스쿠터는 안간힘을 쓰며 언덕을 올라오더니 나를 쌩하고 지나쳤다. 그런데 점잖지 못하게도, 요즘 한국에서는 통 찾아볼 수도 없는 새까만 연기 덩어리를 내 눈앞에 힘껏 뿜어놓고 가버렸다! 순식간에 코 안으로 매캐한 매연이 들어왔고, 얼굴을 찡그리려는 바로 그 순간, 기억 저편에서 익숙한 무언가가 불쑥 떠올랐다.

인도의 매연!

그래, 바로 인도 냄새다!

무대와 신발

2009년 6월, 서울 종로의 한 극장에서 오디시 단독 공연을 마친 후 관람석에 앉아 계시던 주한 인도대사님을 무대 위로 초청한 적이 있었다. 대사님은 상당한 시간 동안 인도 무용과 예술에 대해 자세히 설명했고, 한국 관객들은 그의 설명을 줄곧 진지하고 흥미롭게 경청했다. 그런데 그 설명에 앞서 관객 쪽에서 웃음이 한 차례 번져나갔는데, 대사님이 무대로 올라오는 계단 앞에서 구두를 벗은 후 양말만 신은 채로 무대 위에 들어섰기 때문이었다.

인도에서는 무대 자체가 하나의 신성한 공간, 신전과도 같은 공간이다. 인도의 고전무용은 왕족과 귀족을 위해 궁중에서 추어지기도 했지만 대부분이 신을 위해 신전에서 추어지던 신성한 종교의례무용이었다. 반대로 말하자면, 고전무용이 행해지는 장소인 무대는 신이 계시는 신성한 공간이 되는 것이다. 춤이 추어지는 무대 옆에 신을 함께 모셔놓는 경우도 자주 볼 수 있다. 그러므로 사원에 들어갈 때 반드시 신발을 벗고 들어가야 되는 것처럼 공연자든, 관람자든, 누구든지 춤이 추어지는 무대 위에 오를 때는 신발을 벗게 되어 있다.

만약 저의 다음번 공연에서 무대 위로 초대된다면 꼭 신발을 벗고 올라와 주시길!

존경의 인사

한국에서 좌식으로 되어 있는 식당에서 밥을 먹고 나올 때, 먼저 나온 사람이 뒤에 나오는 사람의 신발을 신발장에서 꺼내주는 모습을 볼 때가 있다. 할아버지가 손녀의 신발을 꺼내주기도 하고, 친구가 친구의 신발을 꺼내주기도 한다. 서로를 배려하는 정겹고 아름다운 모습이다. 하지만 나는 누군가가 내 신발을 꺼내려고 하면 안절부절못하게 된다. 어머니가 되었든, 친구가 되었든, 동생이 되었든, 누군가가 내 신발을 건드리기만 하면 당황스럽고 겸연쩍어진다. 발과 신발 또는 그것과 접촉하는 데 특별한 관습이나 큰 의미를 두지 않는 한국에서는 서로 신발을 건네는 행동에 별로 거리낌이 없다.

인도에서 상대방의 발이나 신발에 손을 댄 후 그 손을 다시 자신의 이마나 머리에 대는 것은 오래된 전통예법으로, 이것은 우리가 마치 집안의 어르신이나 스승님께 큰 절을 올리는 것과 같다. 이는, 상대방 몸의 가장 아래에 있는 발조차도 내 몸의 가장 꼭대기에 있는 머리보다 위대하다는 뜻으로, 그 정도로 존경하고 있음을 나타낸다. 그 인사를 받은 사람은 그냥 멀뚱멀뚱 서 있는 것이 아니라 인사한 사람의 머리에 손을 얹어 축복을 전해준다. 사람 간의 계층·계급·계열이 그 어느 곳보다 아주 확실하게 나뉘어 있고, 그에 따른 임무와 예의범절 또한 매우 엄격하게 구분되어 있는 인도에서는 낮은 사람이 높은 사람의 발을 만지는 일은 있을 수 있지만, 높은 사람이 낮은 사람의 발이나 신발을 만지는 것은 절대 있을 수 없는 일이다. 나는 나의 스승님들과 존경하는 선배 예술가들께 이 인사를 해왔는데, 어느 날부터인가 나도 유치원생들이나 초·중학생들로부터 가끔씩 이 인사를 받게 되었다.

인사를 처음 받았을 때가 기억난다. 고사리처럼 작고 부드러운 어린아이들의 손가락이 빗방울 떨어지듯 톡톡 내 발등을 건드리며 "빛나 언니, 빛나 누나, Namaskar!안녕하세요"라고 외쳐대는데, 나는 화들짝 놀라 축복이고 뭐고 다 잊어버린 채 고드름처럼 굳어져 뒤로 물러서기 바빴다. 이후로도 여러 차례 그 인사를 받고는 했지만 나는 지금까지도 겸연쩍고 잘 적응이 되지 않는다. 누군가를 존경하는 것보다 누군가의 존경을 받는 것이 이렇게 어색하고 어려운 일인지 미처 알지 못했다.

• 잠

석류와 어머니

부버네슈어러의 과일 가게 모습은 한국의 과일 가게와 별반 다를 것이 없다. 인도의 남쪽이나 대도시로 갈수록 과일의 종류는 다양해진다. 그곳에서는 우리나라에서 잘 볼 수 없는 그리고 구할 수 있다 해도 매우 비싼 갖가지 열대 과일들이 가게 한가득 진열되어 있다. 비교적 북쪽에 위치한 데다 대도시도 아닌 부버네슈어러의 과일 가게에서는 사과, 귤, 포도, 배, 파인애플, 바나나 등을 볼 수 있다. 가격은 한국보다 저렴하지만 품질은 그리 좋은 편이 아니다. 망고는 제철에만 잠시 나왔다 반짝 성황을 이루고 들어간다. 이런 과일 가게의 형편에서 내가 특별히 잘 챙겨먹는 과일이 두 가지 있다. 몸에 특별히 좋다는 붉은 색소 과일, 석류와 파파야다. 파파야는 숭숭 썰어 먹는다. 하지만 씹는 것보다 마시는 걸 더 좋아하는 나는, 매일 아침마다 석류 두세 개를 믹서에 갈아 주스로 만들어 마신다. 그때마다 생각나는 사람이 있다. 어머니다.

어렸을 적 언젠가 석류를 처음 보았을 때가 기억난다. 반을 가르니 신비롭게 터져 나오던 붉은 루비 조각들! 햇살을 받아 반짝이던 알알의 작은 보석들! 그러나 그것은 곧 잊혔다. 그 후로는 딱히 석류를 본 적이 없었으므로. 그리고 20여 년이 흘렀을까. 어느 날 어머니가 들고 오신 석류 주스를 보며 다시금 석류를 떠올리게 된 것은.

그 무렵 어머니는 갱년기라는 시기를 맞았다. 집안 식구들 모두 잘 알지 못하던 단어였다. 어머니조차도 딱히 준비하고 계셨던 것 같지 않았다. 여하튼 폐경은 어머니를 찾아왔고 여성 호르몬의 감소와 더불어 몸에 여러 가지의 변화가 생겼다. 그중 가장 심각한 현상은 더위와 관련된 것이었다. 어머니는 갑자기 "거기 선풍기 좀 켜봐라. 이쪽으로, 그래, 더 세게"라고 하시다가도 곧바로 선풍기를 끄라고 말씀하셨다. 그때는 여름도 아니었지만, 갑자기 나타났다 사라지는 어머니의 더위를 위해 각 방마다 선풍기가 준비되어 있었다. 그런 현상은 주무실 때도, 식사를 하실 때도, 아무 때나 느닷없이 찾아왔다. 그러나 가족 누구도 그것을 적극적으로 이해하지 못했다. 덥다고 하시니 선풍기를 꺼내놓았을 뿐, 그 이상의 특별한 도움은 없었다. 갱년기. 지금껏 살아오면서 직접 또는 주변에서 겪어본 적이 없는 현상이었기에 가족 모두가 무지했고, 몸의 변화가 있기는 하지만 딱히 병도 아니고 앓아눕는 것도 아니었으므로 크게 관심을 기울이지 않았다.

우리 가족은 일 년에 한두 번씩 정기적으로 모여 그동안의 대소사에 대해 이야기하는데, 그 자리에서 서로 섭섭했던 점이나 고칠 점 등을 말하기도 한다. 이른바 가족회의이다. 그날 밤에도 아버지, 어머니, 나, 동생이 모두 모였다. 여러 가지 이야기를 하던 중 어머니가 동생과 나를 보시며 어머니에 대한 몇 가지 섭섭한 행동을 말씀하셨다. 그러더니 갑자기 큰소리로 엉엉 울기 시작하셨다. 눈물, 콧물 할 것 없이 어머니의 속이 다 뒤집어져 나와 우리 앞에서 엉엉 우시는 것이었다. 그러고는 조용히 외치셨다.

"…나도 사랑받고 싶어…"

아… 이 무슨 말인가… 무슨 표현이 이렇단 말인가. 이것이 우리 어머니에게서 나올 수 있는 말이란 말인가! 나머지 세 명은 그 앞에서 완전히 꿀 먹은 벙어리가 되어 고개를 푹 숙인 채 입을 떼지 못했다. 그러나 이내 감정을 가다듬으신 어머니는 조금 쑥스러워하시며 다시 우리를 염려하는 말씀을 이어가셨다.

그 후였을 것이다. 냉장고에서 석류 주스를 보게 된 것은. 이게 뭐냐고 묻자, 어머니는 갱년기에 좋은 과일이라고 해서 사오셨다고 했다. 우리들 중 어느 누구도 어머니의 갱년기를 위해 석류 주스 또는 다른 음식을 특별히 사다 드린 적이 없었다. 나는 오히려 '갱년기에 좋은 과일, 석류라…' 하며 가끔씩 냉장고에서 어머니의 주스를 꺼내 맛보고는 했다. 그렇게 어머니의 갱년기는 모두의 무관심 속에서 어느 사이엔가 막을 내렸다.

인도에서 석류를 매일같이 보게 되자, 이상하게도, 철없던 그 시절에 대한 기억이 하나둘씩 떠오르게 되었다. 그때는 그냥 지나쳤던 어머니의 모습, 식은땀 흘리시던 모습, 선풍기를 어머니 쪽으로 돌리라고 말씀하시며 보이시던 힘든 표정, 그날 밤의 고백과 수줍어하시던 모습, 친구에게서 들으셨는지 이모에게서 들으셨는지 석류 주스를 직접 사 들고 집에 들어오시는 모습 등이 석류를 보면 거울에 비치듯 환히 보이는 것이었다.

그때 나는 왜 그랬는지, 왜 그리도 무심하고, 왜 그리도 어리고, 왜 그리도 못났던지… 어머니는 우리 모두의 무관심에 대해 섭섭함을 그날 밤 딱 한 번 드러내셨을 뿐, 그 후에도 별반 달라지지 않은 식구들의 미온한 도움을 탓하거나 미워하지 않으셨다. 얼마나 외로우셨을까. 홀로 있어 외로운 것보다 둘이 있을 때 외로운 것이 더 외롭다던데, 내 어머니는 남편, 딸, 아들을 두고서도 외로우셨다.

인도서 홀로 지내고 있는 지금, 그때 처절했을 어머니의 외로움과 돼먹지 않았던 딸의 몰이해를 생각하면 자다가도 벌떡 일어나 헝클어진 머릴 쥐어뜯으며 후회한다. 앉아 있다가도 그것만 떠올리면 금세 눈가에 눈물이 그렁그렁 맺힌다.

어머니는 당신에게도 낯설기만 하던 갱년기의 겨울을 홀로 이겨내고 새로운 시즌의 활력과 생기를 되찾으셨다. 내 한 몸을 위해 날마다 석류 주스를 부지런히 마시고 있는 나는, 한국에 돌아가면 어머니를 위해 주스를 만들어 드려야지 하고 마음속으로 다짐하고는 한다. 그러나 고독 끝에 새로운 부활을 맞이한 자에게 지금 와서 석류 주스가 무슨 소용이란 말인가. 겨울 뒤에는 봄이 오고 다시 겨울이 온다지만, 이제 내 어머니의 갱년기는 끝이 났고 너무 늦게 깨달은 딸의 석류 주스도 더는 필요가 없다. 그래도 참회의 눈물을 몇 방울 섞어 석류 주스를 드리면 어머니는 그것도 기특해하시며 받아주시겠지…

나처럼 후회하는 이들이 없길 바라며 이 글을 쓴다. 더 많은 딸들과 아들들과 남편들이, 나이의 어느 시점에 이르러 맞이하게 되는 어머니와 부인의 갱년기를 더욱 따뜻하게 이해하고, 더욱 많은 도움을 주길 바라며 이 글을 쓴다. 그리고 갱년기를 꿋꿋하게 넘겨내며 젊은 나에게 그것의 도래와 고통과 도약을 몸소 보여주신 내 어머니께 이 글을 드린다. 못난 딸자식, 석류 주스 대신 이 글을 드린다.

• 잠

익숙함 속의 새로움

오리사에 처음 도착했을 때, 나보다 사 년 먼저 그곳에 와서 살고 있는 프랑스인 친구 알카가 있었다. 원래 이름은 '알렉산드라Alexandra' 이지만 현지인들이 발음하기 어려워해서 오리야어로 '알카'라고 지었다고 했다. 알카도 오디시를 배우기 위해 오리사로 왔는데, 오리야인과 결혼해 예쁜 딸 하나를 낳아 지금도 꼬나르꺼에서 세 명의 식구가 오순도순 행복하게 살고 있다.

부버네슈어러에서 꼬나르꺼로 처음 구경을 갔을 때 나는 알카와 함께 택시를 타고 있었다. 창밖으로 보이는 오리사의 시골길이 너무나도 아름다워서 나는 앉아 있는 내내 그 풍경에서 눈을 떼지 못했다. 끝없이 펼쳐진 파란 하늘, 초록색 이끼가 무성하게 낀 커다란 연못, 그 연못의 가장자리를 에워싸며 우거져 있는 코코넛 나무들, 길가와 농경지에 드문드문 놓인 크고 작은 사원들, 키 큰 야자나무들 아래에서 옹기종기 모여 있는 알록달록한 집들… 그렇게 줄곧 바라보다 어느 순간 나도 모르게 "어쩜 이렇게 아름다울 수가…" 하고 작은 신음 같은 감탄사가 흘러나왔다. 그러자 옆에 앉아 있던 알카가 조금 뜸을 들이다 "오리사의 흔한 시골 풍경이야"라고 별것 아니라는 듯 툭 한마디 던졌다. 뭐 저렇게 시큰둥할까 생각했지만 내 관심은 이내 창밖으로 돌아갔다.

그로부터 약 삼 년이 지났을 무렵, 델리에서 오디시를 배우고 있는 일본인 친구 마유까가 오리사를 처음으로 방문했다. 그와 함께 오리사를 여행하게 되자, 나 또한 오리사에 지금 막 도착한 것 같은 느낌이 들어 그 며칠간 들뜬 마음으로 지내게 되었다.

며칠간의 여정을 마친 후 우리는 택시를 타고 시골길을 따라 부버네슈어러로 돌아가고 있었다. 그런데 마유까가 갑자기 차를 세우라며 큰소리로 외쳤다. 나는 조용히 졸고 있다 무슨 일이 생겼는가 싶어 벌떡 일어났다. 택시가 서고, 어느새 밖으로 뛰쳐나간 마유까는 "너무 아름답다!"라는 말을 입에 달고서 동서남북으로 사진을 연달아 찍어댔다. 나는 잠이 덜 깬 상태에서 그런 친구를 멀리서 바라보다 한숨을 쉬며 퉁명스럽게 말했다.

"도대체 뭐가 그렇게 아름답니?"

아! 그 순간, 몇 년 전 그곳을 처음 방문하던 나와 그곳에서 살고 있던 알카의 대화가 떠올랐다. 어떤 것에 대해 이미 친숙하게 알고 있는 자보다 처음 대하는 자가 그것을 더 좋고 더 아름답게 볼 수도 있구나. 그래, 아무런 선입견이 없을 테니까…

나는 그동안 오리사와 오리야인들 속에서 생활해오면서 많이 지쳐 있었고, 그 피로와 힘듦에 가려져 그들의 아름다움도 볼 수 없게 되어가고 있었다.

처음에는 오리사의 '인도다움'에 반해서 천 년을 살 것 같았다.

나는, 긴 역사 속에서 축적되어온 오리사의 수준 높고 다양한 전통문화가 좋았다. 근대화나 산업화가 덜 된 덕에 조금은 촌스럽지만 꾸며지지 않은 자연, 그 불끈불끈 꿈틀거리는 오리사의 자연이 좋았다.

하지만 나는 몇 년 사이 벌써 지쳐 있었다.

한 문화의 수직적인 깊이와 정통성의 무게도 좋지만, 여러 문화가 만들어내는 수평적인 자유로움과 경쾌한 복합성, 온갖 인종과 직업과 문화가 드나들며 만들어내는 메트로폴리탄식 문화를 다시 그리워하고 있었다. 그리하여 나는 오리사에서 잘 지내다가도 나에게 내재되어 있는 '시티 걸City Girl'의 요소가 갑자기 자극될 때면 도시 내음을 맡기 위해 뭄바이Mumbai나 델리로 부랴부랴 떠나고는 했다.

그날도 나는, 심각한 도로 정체와 회색 먼지로 희뿌연 델리로 가서 다소 장기간 지내다가, 비가 부슬부슬 내리고 있는 부버네슈어러 공항에 도착했다. 비행기의 육중한 문이 열리고 계단을 한 발자국 밟아 내리려는 순간, 자연의 축축하고 싱그러운 내음이 콧속으로 들어왔다!

아, 부버네슈어러 냄새! 그래, 여기가 바로 부버네슈어러구나! 대도시에서는 느낄 수 없었던 이 전원의 순박함, 땅의 생명력!

마트나 정육점에서 손질된 육류를 사는 것이 아니라 거리에 늘어선 도살장에서 생고기를 사오고, 백화점의 기성복이 아니라 천을 끊어다 양복점에서 맞춰 입으며, 양복점에서는 (서울에서는 고풍스런 찻집의 인테리어 소품으로 놓여 있는) 옛날 방식의 재봉틀로 박음질을 하고, 정원이나 길가에 열린 나무 열매와 잎을 따다 음식을 만들어 먹는 곳.

1그램까지 정확히 나오는 디지털 저울 대신 쇠 추를 올려 눈대중으로 가늠하는 재래식 저울을 쓰고, 차장 소년이 작은 버스의 찌그러진

오리사의 시골 풍경

문가에 달라붙어 요금을 받으며, 비가 오면 머리에 비닐봉지를 뒤집어 쓴 채 자전거를 타는 사람들이 있는 곳.

그렇다. 내가 지쳤다고 말하던 오리사의 모습들이란 바로, 내가 좋아하던 모습들이었다!

울부짖는 닭들에게

언젠가 부버네슈어러의 가장 큰 생선 시장에서 갈치를 구할 수 있다는 이야기를 들은 적이 있었다. 나는 벼르고 벼르다 드디어 어느 목요일의 이른 아침, 설레는 마음으로 시장에 도착했다. 그런데 막상 와 보니 시장 전체의 규모가 크기는 한데 문을 연 점포는 드문드문 있을 뿐이었다.

힌두교도들은 요일에 따라 육식과 채식을 구분한다. 월요일에는 시바Shiva 신을, 화요일에는 멍걸라Mangala 여신, 목요일에는 럭슈미Laxmi 여신을 특별히 섬기는 사람들이 육식을 하지 않고, 토요일은 점성술에서 토성과 관련하여 조신操身해야 하는 사람들이 채식을 한다. 일주일

중에서 월요일과 목요일은 대부분의 힌두인들이 채식을 하는 날이다. 오리사 주에는 힌두인들이 인구의 다수를 이루고 있는데, 내가 어시장을 찾은 날이 마침 목요일이었기 때문에 손님도 열린 가게도 뜸했던 것이다. 힌두력에서 길일인 날에는 요일을 불문하고 육식을 하지 않는다. 그날에는 고기뿐 아니라 양파와 마늘을 넣거나 기름에 튀긴 음식도 먹지 않는다. 맛과 향이 훨씬 풍부해지는 성분, 즉 식욕과 욕망을 자극하는 요소를 자제한다는 금욕의 차원에서이다.

인도에는 채식과 육식의 경계가 매우 확실해서, 닭고기 들어간 빵과 야채가 들어간 빵을 절대 한곳에 담아두지도 않는다. 채식주의자들은 한 번이라도 고기를 담았던 그릇이라면 사용하지 않고, 육식하는 사람들의 집에 초대받았을 경우에도 그들의 부엌에는 들어가지 않는다. 그 부엌에서 육식 요리가 만들어졌을 것이기 때문이다. 너무 심한 것 아닌가 싶지만, 여하튼 채식주의자가 되기로 스스로 서약한 사람은 출가자이든 재가자이든 상관없이 채식을 철저하게 지킨다. 인도에서 막 생활하기 시작했을 때는 육식과 채식을 왜 그렇게까지 엄격하게 구분하는지 잘 이해할 수가 없었다.

채식을 역설하는 데는 수많은 이유가 있지만 인도에서는 주로 종교적인 의미에 초점을 두는 것 같다. 여기서 '종교적'이란 타인의 생명 또는 생명 그 자체를 의미한다. 힌두 사원에 들어갈 때는 동물 가죽으로 만든 가방을 들고 들어갈 수 없다. 살생으로 만들어진 물건이기 때문이다. 채식에는 생명을 향해 행해지는 핏빛 폭력과 잔학성에 대한 반대가 이미 포함되어 있다. 그러므로 명상과 수행을 하는 사람들에게 채식은 필수적인 신조로 자리 잡게 되었다. 하지만 때때로 채식주의자들이 육식하는 사람들에게 보이는 우쭐거림이나 자만적인 태도를 접하게 될 때면 내게는 오히려 그것이 또 하나의 암묵적인 정신적 폭력으로 느껴지고는 했다. 계급이 높을수록, 훌륭하고 깨끗한 사람일수록 채식을 고집한다는 사회적 통념의 부작용인 것이다. 그러나 어찌되었든 채식을 '실천'한다는 것 자체가 고귀한 절제와 노력인 것은 사실이다.

그다음 수요일 새벽, 나는 다시 생선 시장을 찾았다.

양옆으로 길게 죽 늘어선 점포들은 벌써 재래시장의 활기찬 기운으로 북적거리고 있었다. 상인들은 생선들 틈에 쭈그리고 앉아 큰소리로 호객을 했고, 재래식 저울에 추를 더하고 빼면서 흥정했으며, 재빠른 손놀림으로 생선 속을 손질했다. 고양이들과 개들은 떨어져 나간 살점 한 조각을 얻어먹을 수 있을까 예의 주시하며 웅크리고 앉아 있었다. 흰 막이 드리워진 뿌연 눈동자의 생선들은 입을 헤 벌린 채 진열되어 있었다. 벌건 내장과 피, 낱낱이 흩어진 반투명의 비늘들, 여기저기 튀겨나간 물로 질퍽해진 땅, 코를 찌르는 비린내. 나는 그 속에서 한참을 돌아다니다 드디어 한 상인에게서 길고 두툼한 은빛 갈치를 발견했다. 오, 정말로 갈치를 발견하다니! 나는 신기하고 반가운 마음에 한 봉지 가득 갈치를 샀다. 기분 좋게 몇 발자국을 옮기려는데 싱그러운 채소가 수북하게 쌓여 있는 채소 가게가 보였다. 나는 황토 감자와 보랏빛 양파를 고른 후, 아저씨가 비닐에 담아주는 동안 흥얼거리며 뒤돌아서서 벽에 비스듬히 기대섰다.

그런데 바로 내 앞에 그들이 있었다!

닭들이 울부짖고 있었다!

주홍빛 붉은 벼슬과 수염을 마구 흔들며 꽥꽥꽥꽥 소리를 질러대고 있었다. 얼마나 많은 닭을 한곳에 쑤셔 넣었던지 철장 사이로 흰 깃털들이 이리저리 삐쭉삐쭉 튀어나와 있었다. 닭들은 더 이상 움직일 수 없을 정도로 꽉 끼어 있으면서도 있는 힘을 다해 죽어라고 푸드덕푸드덕 몸부림쳤다.

"날 구해줘! 날 구해줘!! 아…… 날 구해줘!!!

내 말 들리잖아!! 아… 제발……!"

날 구해줘! 날 구해줘!

아…… 날 구해줘!!

내 말 들리잖아!! 아… 제발……!

나는 너무 놀라서 차렷 자세를 한 채 뒤로 물러섰다. 보이지 않던 것이 갑자기 보였고, 들리지 않던 것이 갑자기 들려왔다. 닭의 흰색과 붉은색이, 순간적으로, 거대한 모자이크처럼 크게 확대되어 내 앞으로 확 다가왔고, 내 눈이 번쩍 뜨였다. 내가 새하애진 얼굴로 어쩔 줄 몰라 하자 닭들이 창살 사이로 가느다란 목을 쭉 빼고서 "이게 다 네 탓이야! 이게 다 네 탓이야!" 하고 수백 개의 주둥이로 나를 가리키며 마구마구 비난해댔다.

나는 두 귀를 손으로 꽉 틀어막았다. 괴로웠다. 괴로웠다! 나는 지옥의 아우성을, 철장 안에서 뿜어져 나오는 슬픔과 분노를, 죽기 싫다며 살려달라고 발버둥치는 최후의 발악을 이렇게까지 가까이서, 적나라하게, 무더기로 맞닥뜨려본 적이 없었다. 그 모든 것이 다 내 잘못인 것 같았다.

그때 닭장수가 닭장 안으로 손을 쑥 집어넣었다. 나는 나도 모르게 채소 가게 쪽으로 등을 홱 돌렸다. 내가 다시 조심스레 고개를 돌려 보았을 때는 닭의 작은 머리는 이미 댕강 잘려나가 있었고, 그가 평생 동안 걸쳐왔던 화려한 새하얀 깃털 옷은 단 한 번의 잡아당김으로 쫙 벗겨져 나갔다. 홀딱 발가벗겨진 살덩어리는 더없이 매끈하고 탄력 있었다.

그 광경을 본 이후, 나는 길에서 마주치는 도살 풍경에 더욱더 신경을 쓰게 되었다. 조그맣고 귀여운 염소들이 오밀조밀 모여 앉아 있다. 하얀 염소, 점박이 염소, 까만 염소가 목에 노끈이 매인 채 서로에게 기대앉아 메에에 메에에 가끔씩 무어라 말한다. 사람들은 한 줄로 죽 서 있다가 자기 차례가 되면 가죽이 벗겨져 대롱대롱 매달려 있는 염소의 원하는 부위를 손가락으로 가리키고, 상인은 스읏스읏 살점을 떼어다 저울질한다.

예전에는 그런 광경 옆을 지나갈 때면 그저 눈에 담는 것이 힘이 들어 쳐다보지 않으려고 애썼다. 하지만 닭이 울부짖는 소리를 들은 이후에는 스쿠터를 타고 도살장을 재빠르게 스쳐 지나갈 때도, 누군가를 위해 목숨을 내놓은 염소들과 닭들에게 고맙다고, 당신들은 누군가를 위해 그야말로 '온몸으로' 보시했으므로 반드시 좋은 곳에 갈 것이라고 마음속으로 꼭 전하게 되었다.

나는 그 이후, 육식의 횟수를 현저히 줄이게 되었다. 하지만 이미 살의 맛을 알아버린 자로서 당장 완전히 채식만으로 살겠다고 결심할 자신은 없었다. 그렇다고 누군가의 살과 생명을 모른 척 또는 당연한 듯 받아들일 수도 없는 일이었다.

대형 마트에서 이미 하나의 물품이 되어 말끔하게 진열된 각종 육류의 부위를 고르거나, 하나같이 똑같은 모습으로 가공된 생선 캔을 열 때, '마술사' 같은 요리사의 손을 거쳐 먹음직스럽고 예술적으로 변신한 음식 한 상을 받을 때면, 닭의 울부짖음과 생선의 멍한 눈동자는 아예 상상할 수 없게 된다.

나는 반드시 짧은 한순간이라도 그들의 생명을 떠올리고 그들에게 감사드린 후 먹어야겠다고 생각했다. 또한 그들이 내게 준 영양과 즐거움으로 더 열정적으로 춤추고, 더 열심히 살아야겠다고 생각했다. 이것이 잃기 싫은 자신의 목숨을 내놓은 자들에게 바칠 수 있는 나의 아주 최소한의 예의일 것이다.

인도 장신구 없이 나는 못살아!

왼쪽 콧등을 뚫고 코걸이를 한 후 아버지께 이메일로 이 사실을 말씀드렸다. 예상대로 답장은 오지 않았다. 서울에 돌아왔을 때 아버지는 내키지 않는 목소리로 내게 몇 가지를 물으셨다. 그다음 해 집에 돌아왔을 때도 아버지는 다시 똑같은 질문을 하셨다.

"그러니까… 코를 꼭 뚫어야 하니?"

"네."

"그걸 뚫지 않으면 춤을 출 수 없는 거니?"

"네."

"내 생각에는, 될 수 있으면 안 했으면 좋겠다."

"이건 인도무용수라면 꼭 갖추어야 하는 조건이라서, 저로서도 어쩔 수 없어요."

지금에서야 고백하지만, 인도무용을 추기 위해 반드시 코를 뚫어야 하는 것은 아니다. 하지만 대부분의 인도 여성들이 코를 뚫었고, 대부분의 인도무용수들이 코걸이를 하고 춤을 추며, 무엇보다도 중요한 사실은 내가 너무나도 코걸이를 좋아한다는 것이었다.

코걸이에 대해 처음으로 별난 인상을 갖게 된 것은 어느 재래시장의 길목에서였다. 번잡한 시장 한쪽에 나 있는 아주 작고 허름한 쪽방에 두 여자가 쭈그리고 앉아 목을 죽 빼고서 코를 내밀고 있었다. 맞은편에 앉아 있는 아저씨는 그들의 콧구멍을 뒤집기도 하고 손가락을 집어넣기도 하면서 가끔씩 무어라 중얼거렸다. 금은방의 주인이면서 세공일도 직접 하는 아저씨가 여인들의 코와 코걸이에 무슨 문제가 있는지 살펴보고 있는 것이었다. 그 모습은 순간적으로 자동 사진처럼 찰칵 찍혀 신기하고도 재미있는 장면으로 내 가슴속에 박혔다.

그 장면을 본 후, 나는 원래부터 있어야 했던 무언가가 결여된 채 지내왔다는 느낌을 지울 수가 없었다. 동시에, 내 코에 코걸이 없이 춤을 춘다는 것도 상상할 수 없게 되었다. 그리하여 어느 날, 나는 자주 지나다니는 거리의 다닥다닥 즐비하게 붙어 있는 어느 작은 금방金房에 들어가 코를 뚫었다. 인도·네팔·스리랑카 등지의 귀걸이와 코걸이는 그 핀의 굵기가 한국에서 흔히 볼 수 있는 가느다란 바늘구멍 정도가 아니라 지름 1.5밀리미터 정도가 되기 때문에 별다른 마취 없이 콧등에 구멍을 뚫는다는 것은 고통스런 일이었다. 몇 년 동안은 가끔씩 고름이 나며 덧나기도 했는데 그럴 때면 집 근처의 금방에 가서 처음에 보았던 장면처럼 코를 내밀고서 치료를 받았다. 그리고 여러 빛깔의 돌이 박힌 코걸이와 금·은 코걸이를 바꿔 달며 차곡차곡 수집도 했다. 그것은 말하자면 '인도표' 취미였다. 너무나 감사하게도, 아버지는 삼 년째부터 코걸이에 대해 더 이상 나무라지 않으셨다.

나는 인도의 장신구를 처음 보았을 때, 단번에 알아볼 수 있었다. 내가 여태껏 기다려왔고 또 나를 기다려온 나의 장신구들을 말이다!

한 시골 아낙네가 걸어오고 있었다. 검고 깡마른 체구에 허름한 사리를 입고 커다란 보따리를 머리에 이고 있는 모습이 여느 인도 시골 여인과 다름없었다. 그런데 점점 가까워질수록 여인의 양쪽 귓바퀴가 내 눈에 클로즈업되어 들어왔다. 거기에는 스무 개도 족히 넘을 것 같은 누런 링들이 촘촘히 박혀 있었다. 그것은 소위 말하는 히피 문화의 피어싱보다도 훨씬 더 충격적이어서 순식간에 아프리카의 원주민을 떠올리게 만들었다. 그 모습이 내게는 어찜 그리도 멋져 보이던지!

그런데 얼마 지나지 않아 내 두 눈을 더욱더 번쩍 뜨이게 만드는 광경이 있었다. 나는 길거리에서 한가롭게 짜이를 마시고 있었는데, 한 여인이 내 앞을 스쳐 지나갔고 그의 귀에서 달랑거리며 찬란하게 빛나는 남인도 사원 모양의 금 귀걸이를 본 것이었다. 그것은 내가 태어난 후 어디에서도 볼 수 없었던, 한 번도 상상해볼 수 없었던 귀걸이였다. 그때 어떤 소리가 들려왔다.

'우리가 이제서야 만났군요. 반가워요! 나는 당신을 위해 태어났어요. 어서 나를 찾아오세요.'

귀걸이는 그 여인의 귀에 매달려 나에게 살랑살랑 손짓했다. 나의 상상력과 미학은 느닷없이 찾아든 아름다운 충격으로 정신을 잃을 지경이었다. 오, 하느님 맙소사! 저런 장신구를 만들어낸 인도인들이란 도대체 어떤 사람들입니까? 어떤 생각을 하며 살아가는 사람들입니까? 나는 그 길로 당장 근처에 있는 작은 금방들을 찾아갔다. 이 가게 저 가게에서 구경해보았지만 도무지 성이 차지 않았다.

다음 날 아침, 나는 첸나이 시내에서 가장 크고 유명하다는 금방으로 달려갔다. 기가 막히도록 아름답고 다양한 장신구의 모습에 눈이 휘둥그레졌다. 가장 인상 깊었던 것은 힌두 사원의 모양을 고스란히 옮겨 놓은 장신구였다. 고대의 힌두 사원이 그러하듯 온갖 아름다운 장식 문양과 동식물 형상들이 한 치의 빈틈도 없이 빼곡하게 금으로 새겨져 있었다. 이 크고 무겁고 화려한 모든 장신구들은, 그때까지 내가 흔히 보아왔던 도시의 장신구들, 그러니까 산업 사회의 차갑고 매끄러운 기계성과 미니멀리즘의 영향으로 단순성이 강조된 현대의 장신구와는 큰 대조를 이루고 있었다. 인도 귀걸이의 구멍이 너무 커서 끼고 빼는데 어려움이 있었지만 나는 감탄사를 자아내며 헤아릴 수 없을 만큼의 귀걸이를 모두 껴보았다. 한없이 구경을 하고 나니 너무나도 행복했다. 여유가 없어서 당장은 살 수가 없지만 언젠가 꼭 하나 장만할 수가 있기를 바라며 가게 문을 나섰다.

그리고 삼 년쯤 흘렀을까? 첸나이에 갈 일이 생겼을 때 나는 다시 그 금방에 들렀고, 마음에 쏙 드는 우산 모양의 금 귀걸이 하나를 사서 오리사로 돌아왔다. 나는 그 후 이 년 동안 하루 종일, 잠을 잘 때도, 연습을 할 때도, 밥을 먹을 때도, 목욕할 때도 언제나 그 귀걸이를 차고 있었다.

그러던 어느 날 귀가 찢어졌다. 원인은 바로 귀걸이의 무게에 있었다. 상당히 무거운 귀걸이를 너무 오랫동안 착용해왔고, 보다 직접적인 이유는 그것을 달고서 격하게 움직이고 점프하며 춤 연습을 했던 것에 있었다. 처음에는 귀걸이의 두꺼운 핀을 넣기에도 구멍이 너무 작았는데 이제는 구멍이 커지는 것을 넘어 아예 귓불이 두 동강이 나버렸다. 사실 주변의 인도인 친구들이 귓불이 찢어질지도 모른다며 알려주었고, 서서히 찢어졌다 하더라도 계속 피와 고름이 터져 나와 아프지 않았던 것도 아니었다. 하지만 내게 더 큰 아픔이란 내가 사랑하는 그 귀걸이를 하지 않고 있는 것이었다. 난 그 귀걸이를 차고 있는 내가 정말 좋았다. 그런 고집과 미련함은 결국 귀가 찢어져 그 어떤 귀걸이도 찰 수 없는 지경에 이르게 만들었다.

서울에 돌아와 장난삼아 찢어진 귓살을 짜잔! 하며 어머니께 보여드리자, 어머니는 어머머머! 하고 소스라치며 고개를 돌리셨다. 난 그래도 태연하다. 그 귀걸이와 함께했던 시간에 후회가 없다.

인도에서는 14K나 18K가 아니라 22K 금이 통용되고 있다.

인도의 지속되는 더위와 땀으로 인해 성분이 변하는 것을 방지해야 하므로 금의 순도를 높여 만든다고 하지만, 나는 그런 실질적인 이유와는 상관없이 누렇게 번쩍이는 그 22K 장신구들 속에서 찬란한 태양과 광활한 대지를 본다. 그리고 태양 아버지와 대지 어머니를 섞고 녹여 만든 이 작은 알맹이들을 서로 나누고 몸에 지니며 행복해하는 인

도의 형제자매들을 본다.

은의 은빛도, 사파이어의 푸른빛도, 루비의 붉은빛도, 다이아몬드의 투명한 반짝임도 아닌, 금의 누런 번쩍임! 나는 내 살에 닿는 그 누런 금이 좋다. 때로는 금이 내 살의 일부인 것 같다. 자기를 보호하기 위해 주위 환경과 비슷한 색으로 태어나고 위기 상황에서 자연의 빛깔로 몸빛을 변화시키는 곤충들과 동물들처럼, 초록 잎사귀에 붙어 있는 초록 애벌레와 갈색 나뭇가지 위에 놓인 갈색 벌레처럼, 나는 금으로 만들어진 꽃과 나뭇잎이 내 몸을 장식하고 있는 것을 보면 편안함을 느낀다.

분명, 내 속 깊은 곳에 잠들어 있던 미학 열정을 흔들어 깨우고 그것을 구체화하는 데 도움을 준 것은 인도 장신구였지만, 이후에 박물관에서 고구려·백제·신라·고려 등 우리 선조들의 황금빛 장신구를 보았을 때 나는 그 속에 담긴 자연을 읽어내며 그만 넋을 잃어버렸다. 그 황금빛 장신구에는, 밤낮으로 작은 금 조각에 온 우주를 새겨 넣고 있는 장인의 모습과 그 한쪽 옆에서 타오르고 있는 불의 열기 그리고 우리 강산의 변화무쌍함이 고스란히 담겨 있었다.

푸른 바다의 물결, 서늘한 바람에 온몸을 바르르 떠는 잎사귀들, 주렁주렁 매달린 탐스러운 열매들, 두둥실 떠 있는 흰 구름, 빛을 받아 반짝이는 나뭇잎들, 갖가지 영적인 동물들, 끝없이 펼쳐진 평야, 축 늘어진 버들가지, 얽히고설킨 담쟁이덩굴, 새하얀 눈덩이와 고드름, 타오르는 불길과 연기, 활짝 만개한 고귀한 꽃, 바다 위로 힘차게 튕겨 오르는 물고기의 비늘, 태양의 영원성과 달의 신비로운 변신, 반으로 잘린 과일과 그 속의 영롱한 씨앗, 앙상한 나무로 우거진 겨울 숲 그리고 그 안팎에서 네모·세모·타원형 등의 기하학적 모양들이 이루어내고 있는 배치와 조화.

얼마나 섬세하게 자연을 이해하고 또 얼마나 친근하게 자연과 소통해야, 바라보는 것만으로도 가슴 떨리는 이런 작품들을 만들어낼 수 있을까? 나는 몸과 장신구와 자연과 미학이 한데 어우러지는 이 아름다운 소우주를 내 곁에 하나만이라도 꼭 두고 싶었다. 하지만 그것은 오늘날 한국에서는 특별히 주문하지 않는 이상 구하기 어려운 일. 인도의 경우, 그들의 고전은 박물관에 고이 전시되어 있지 않고 지금도 일상의 길 위에서 생생히 살아 있다. 이는 분명 인도가 가진 가장 큰 매력이자 힘이며, 바로 그것이 내 안의 미적 감성을 눈뜨게 하는 데 강한 역할을 했다. 서로 다른 면이 있지만, 인도의 장신구와 우리의 옛 장신구는 '고대와 고전'이라는 의미에서 놀라울 정도로 닮아 있다. 한국의 일상에서 그러한 고전적 장신구를 접할 수 있는 기회를 얻지 못한 나는

금팔찌의 차가운 촉감이 내 살에 닿지 않으면,
은발찌의 방울 소리가 내 귀에 들리지 않으면,
어딘가 허전하고 풀이 죽는다.

인도에서 그 자취와 영양분을 찾고 있는 것일지도 모른다.

사람도 빽빽하게 많이 있고, 버스도 빽빽하게 타고, 장신구도 빽빽하게 착용하는 인도. 그러나 일상에서 모든 사람들이 항상 많은 양의 장신구를 차고 있지는 않는다. 금을 많이 차고 있으면 도둑의 표적이 되기 쉽고, 생활하는 데도 거추장스러워서 몸에 한두 개만을 지닌다. 하지만 나는 그 고전적인 장신구를 내 몸 여기저기에 차고 있지 않으면 생활의 활력을 잃어버린다. 금팔찌의 차가운 촉감이 내 살에 닿지 않으면, 은발찌의 방울 소리가 내 귀에 들리지 않으면, 어딘가 허전하고 풀이 죽는다.[*] 물론 처음에 그 모든 것에 익숙해지지 않았을 때는 양팔의 팔찌가 수갑처럼, 양 발목의 발찌가 족쇄처럼 느껴지기도 했다. 그러나 지금은 이 모든 것 없이는 벌거벗은 느낌이 든다.

세상에는 너무나도 아름다운 것이 많은데, 목걸이를 위한 목은 하나뿐이고, 귀걸이를 위한 귀는 둘뿐이며, 팔찌를 위한 손목도 둘뿐이

[*] 귀걸이 · 코걸이 · 목걸이 · 팔찌 · 반지 등 상체를 위한 장신구는 은제품도 있으나 금제품이 압도적으로 많다. 그에 비해, 허리 체인 · 발목에 거는 발찌 · 발가락에 끼우는 발 가락지 등 하체를 위한 장신구는 모두 은으로 만들어진다. 이는, "이 세상을 창조한 자의 입이 브라만(Brahmin, 사제 · 학자)이 되었고, 그의 팔은 크샤트리아(Kshatriya, 왕족 · 무사)가 되었으며, 그의 넓적다리는 바이샤(Vaishya, 상인 · 지주)가 되었고, 그의 발로부터 수드라(Shudra, 소작농 · 하인 · 노예)가 태어났다"(『리그베다』 10권 121편)는 이야기와도 관련이 있다고 한다.

고, 반지와 발 가락지를 위한 손가락과 발가락도 열 개씩뿐이다. 하나씩 차례대로 착용해야 한다면 좋아하는 하나를 놔두고서 다른 하나를 차야 하니, 그것마저도 섭섭하여 나는 내가 좋아하는 장신구를 매일같이 모두 한꺼번에 착용하고 싶다.

나는 가끔씩, 옷을 입지 않아도 수십 개의 화려한 장신구는 반드시 걸치고 있는 아프리카의 원주민들 또는 오리사의 원시 부족들을 떠올리고는 한다. 가진 금액이 한정되어 옷과 장신구 중 하나만을 선택해야 한다면 서슴없이 장신구를 선택하는 나로서는 그들에게 어떤 동질감을 느낀다. 허름한 옷을 반복해서 입는 것은 상관없지만 아름다운 장신구를 덜 착용하는 것은 슬픈 일이다. 장신구는 아무리 많이 착용해도 나의 몸과 아름다움을 더욱 드러내고 장신구가 닿아 있는 맨살을 더욱 강렬하게 표현해낼 뿐, 옷이 그러하듯 몸과 나를 가려버리지 않는다. 나를 감싸 안으며 나를 더욱 나답게 만들어주는 장신구, 그 적나라한 아름다움! 인도의 장신구는 내가 인도에서 살아갈 수밖에 없게 만드는, 또 하나의 거부할 수 없는 감미로움이다.

사리에 대한 단상斷想들

어느 화창한 봄날, 인도에서 돌아온 나는 은사 스님을 뵙기 위해 수유리로 향했다. 절에 도착해서 먼저 경내를 돌며 각각의 부처님들께 인사를 드리고 있는데, 나와 마주치는 사람들이 자리에 서서 나를 신기한 듯 바라보았다.

사실, 집을 나서서 버스-전철-도보로 그곳에 이르기까지 단 한 순간도 사람들의 시선이 내게서 떠난 적이 없었다. 다름 아니라, 나의 옷차림 때문이었다. 나는 인도의 전통복이자 일상복인 사리Saree를 입고 미간에는 부처님처럼 동그란 점을 붙이고 있었다. 그리고 귀와 팔과 손과 발에는 인도식 장신구가 찰랑찰랑 흔들리고 있었다.

나는 스님이 계신 방 앞에서 "스님, 저 왔어요!"라고 외치고 들어갔다. 삼배를 드리는 내내 스님이 "어, 이 녀석 봐라, 허허, 이 녀석…" 하며 놀라셨다. 그리고 내가 자리에 앉자 이렇게 말씀하셨다.

"야, 이거 아주 우아한데? 이게 사리라는 게냐? 네가 문 열고 들어오는데 꼭 귀부인이 들어오는 줄 알았다."

난 갑작스런 칭찬에 멋쩍어져서 대답했다.

"저 요즘 그냥 이러고 지내요…"

그런데 그다음 번에 찾아뵈었을 때 스님의 반응은 완전히 달랐다. 역시 사리를 입고 있었는데, 스님은 혀를 차시며 대뜸 이렇게 말씀하셨다.

"야 이놈아, 네가 이러고 서울 한복판을 휘젓고 돌아다니면 정신 나간 여자라고 그러지 않겠냐, 쯧쯧쯧…"

난 갑자기 재미있어져서 씨익 웃으며 말했다.

"아… 제가 좀 그렇잖아요, 스님…"

은사 스님의 이런 대조적인 반응이 내겐 참으로 흥미롭다.

사람들은 사리를 입고 한국 땅을 활보하는 한국인 아가씨에게 다양한 반응을 보인다. 그리고 난 그것을 즐긴다. 내가 가장 사랑하는 이들은 단연코 초등학생들이다. 횡단보도에 서서 신호가 바뀌기를 기다리다 만나게 되는 초등학생들은 "이마에 붙인 게 뭐에요?", "어디서 오셨어요?" 하고 거침없이 물어본다. 재미있다는 듯, 호기심 가득 찬 초롱초롱한 눈으로 날 올려다보면서 말이다. 그때마다 나도 명랑 소녀가 되어 신나게 질문에 대답해주고 "나중에 인도에도 꼭 와보세요!"라고 말한다. 중·고생들은 삼사오오 모여 수군수군 키득키득 댄다. 너무나도 궁금하지만 다짜고짜 묻기에는 멋쩍은 청소년들인 것이다.

길에서 영어로 말을 걸어오는 사람들도 있다. 내가 "저 한국 사람인데요" 하고 웃으면 상대방도 따라 쓰윽 웃는다. 가끔씩 인도인들과 마주치기도 한다. 우리는 멀리서도 서로를 알아보고 의미심장한 웃음과 '어깨 으쓱'만으로도 곧바로 반가운 고향 사람이 된다.

버스 정류장에서 마주치는 아주머니들은 처음에는 조심스럽다가도 한번 말문이 트이면 서로 모르는 사이일 텐데도 곧 그들만의 공감대를 형성한다. "혹시 신랑이 인도 사람이에요?" 내가 "아… 예…" 하며 잠시라도 머뭇거리면 "아, 그랬구나! 어쩐지!"라고 하기도 하고, 아예 처음부터 나를 인도 사람으로 보고서 "남편이 한국 사람?", "한국으로 시집와서 살고 있어요?"라고 묻기도 한다. 내가 또 "아… 예…"라고 뜸을 들이면 "어머머, 그렇구나!" 하면서 다 함께 맞장구를 치며 좋아하신다.

명동 거리에서

• 잠

하지만 사실 대부분은 말을 걸어오지 않는다.

사리를 입고 버스나 전철에 들어서면 일단 많은 사람들의 시선이 내게로 모인다. 그러나 고개를 쭉 빼고 쳐다보다가도 내가 바라보면 이내 고개를 싹 돌려버린다. 내가 가깝게 다가서면 어어어 하며 비켜서는 사람들도 있다. '도를 아십니까?' 사람들이나 '예수천국 불신지옥' 사람들도 나를 피해 간다.

사람들은 나를 보며 헷갈려한다. 흔히 보아온 옷차림이 아니기에 일단 충격적이고, 얼굴은 한국인인데 차림새는 인도인인 것 같아 이상하며, 뭐 하는 사람이기에 왜 저렇게 하고 다니는 것인지는 더더욱 알 수가 없는 것이다. 나는 그렇게 사리를 입는 나의 일상으로 사람들의 일상을 일순 흥미롭고 궁금하게 흔들어놓는 일이 즐겁다.

이렇게 사리를 입음으로써 얻게 되는 가지각색의 피드백과 신선한 충격, 나아가 인도와 나에 대한 자연스런 홍보 효과는 직업에 충실하려는 나의 의지와 노력이 낳은 부산물들이다.

오디시를 추기 위해서는 생활의 여러 가지 면에서 인도 문화를 몸에 익혀야 한다. 나는 처음에는 사리를 입지 않았지만 인도의 고전무용은 사리를 입고 추는 춤이니 그 느낌을 알기 위해서 평소에도 사리를 입는 것이 좋겠다고 말씀하신 선생님의 조언에 따라 입기 시작했다.

이렇게 생각해보자. 성년의 한 뉴요커 여성이 한국의 고전무용을 보고 한눈에 반해버렸다. 그는 한국고전무용수가 되고자 한다. 한국무용이란 단지 무용의 테크닉만으로 표현될 수 없다. 한국의 생활 문화, 우리 강산의 기운, 오래전부터 한국 여인들만이 지니고 있는 고유한 감성을 몸속에서 구현해내야 한다.

나 또한 성년이 되어 인도무용의 길로 들어섰기에 이를 위해 일 년의 대부분을 인도의 하늘과 땅에서 살고, 인도 말로 이야기하고, 인도 음식을 먹고, 인도 옷을 입고, 인도인과 지내며, 인도의 철학과 종교를 공부한다. 무조건적으로 인도인들의 문화를 따르는 것은 분명 아니지만, 인도 문화를 적극적으로 이해하고 그들의 좋은 점을 내 속에 지니려 한다.

한국에서 바이올린이나 발레 등의 서양 예술을 공부한다면 굳이 이렇게 문화적인 노력을 하지 않아도 될 것이다. 라디오를 켜면 언제든지 서양의 고전 음악이 흘러나오고, 대학에는 관련 전문학과가 있으며, 전공자들의 수도 적지 않아 서로 경쟁하고 격려하며, 세계적으로 이미 그들의 위상이 높다. 사회 철학과 생활 문화 면에서도 역시 민주주의, 자본주의, 산업주의 등 서양에서 기원한 이념들이 우리 사회를 주도하고 있어 전혀 낯설지 않다.

내가 한국에서 사리를 입는 가장 중요한 이유?

매년 봄이 되면 서울로 돌아와 몇 개월을 지내는 동안 나는 인도 문화를 전혀 접할 수 없게 된다. 가족과 친구들을 만나고, 우리말로 웃고 떠들고, 우리 영화를 보고, 리스트에 적어두었던 먹고 싶은 우리 음식을 먹고, 우리 전통문화 속에서 지낼 때, 내가 한국에서도 유지할 수 있는 유일한 인도 문화의 연결 끈 하나가 바로 사리이다. '한국에서 사리 입기'는 이런 이유에서 시작되었다.

하지만 아무리 나의 직업과 꿈을 위한 노력이라 하더라도 사리가 아름답지 않았다면 적잖이 망설였을 것이다. 사리의 우아함은 나의 영혼을 끌어당긴다. 사리는 5~6미터의 긴 천인데, 몸을 묘하게 감싸면서 조일 곳은 조이고 풀 곳은 풀어주어 여체의 아름다움을 극대화한다. 사리의 다양한 옷감 위에는 이 세상에서 상상해낼 수 있는 모든 문양이 새겨지고, 모든 색채가 물들여진다.

그런데 사실, 이렇게 아름다운 사리의 미학을 완성시켜주는 것은 '전통복인 동시에 일상복'이라는 데 있다. 인도의 젊은 세대들이 셔츠와 청바지를 즐겨 입고, 대도시에서는 서양식 차림을 매우 쉽게 접할 수 있게 되었지만, 여전히 대부분의 많은 인도 여성들이 사리를 일상에서 입는다. 생활 속에서 입지 않고 행사 때만 잠시 걸치는 옷이라면 옷과 사람이 서로 낯설어 이질감을 갖게 된다. 생활 속에서 익숙해진 옷맵시는 그 아름다움을 더욱 배가시킨다.

전통복을 오늘날의 일상에서 입는다는 사실에서도 알 수 있듯이, 근대화의 정신은 인도를 완전히 장악하지 못했다. 항상 시계를 보며 시간에 쫓기는 우리는 편하고 실용적인 옷을 선호하게 된다. 그러나 사리는 근대화와는 근본적으로 방향을 달리한다. 면적이 크고 긴 옷은 매번 다려 입어야 하고, 보관하는 데도 많은 시간과 정성이 필요하다. 사실, 사리를 제대로 입는 것만으로도 상당 시간이 소요된다. 형태가 고정되어 있는 옷이 아니라 천을 감아 입으면서 주름을 잡고 핀을 꽂아 몸에 꼭 맞는 디자인으로 완성시켜야 하기 때문이다.

이 외에도 사리는 내게 한 가지 더 특별한 의미를 준다.

스님 한 분이 물으셨다. "네가 인도 여자냐, 한국에서도 사리 입고 다니게?" 나는 이 말씀에 "스님은 외국 나가실 때 승복 벗고 가세요?"라고 여쭈었다. 나는 진심으로 여쭙고 있었다. 제도적 형태의 수도修道는 아니지만, 나는 오디시를 통해 나를 찾고자 하고 있으므로 오디시의 의상인 사리는 내게 수도복인 셈이다. 사리를 입으면 몸의 자세가 꼿꼿해지고 다소 긴장하게 된다. 이를 따라 행동과 마음가짐도 한결 정갈해진다.

나는 오늘도 아름다운 사리를 입고
서울을 누빈다.

잠은 나만의 신성한 의식儀式이다

비가 내린다. 인도의 몬순이다. 눈을 뜬다. 바로 누우면 천정이 보이고, 옆으로 누우면 정렬된 가구가 보인다. 태양 빛은 방 안을 낮과 밤으로 뚜렷하게 갈라놓는다. 비는 소리로써 자신의 도래를 알린다. 침대에 누워 빗소리를 듣는다. 빗소리를 듣는 것이 오늘의 일, 나의 일이다. 온 사방이 콘크리트로 막혀 있지만 비는 그것을 뚫고 내 안으로 들어온다. 내 몸과 영혼은 점점 빗물에 젖어 가라앉는다.

사람들은 태어나서 왜 많은 행동을 하는 걸까. 왜? 즐거워서? 사랑받으려고? 대우받으려고? 행동이 곧 삶일까? 그 행동들이 진정 즐거운 걸까? 진정 좋은 걸까? 또는 진정 의무인 걸까? 나는 무엇을 하고 싶지도, 무엇이 되고 싶지도 않다. 나를 찾아올 사람이 없다는 것은 진정 행복한 일이다. 오늘 하루, 내일 하루 그렇게 아무도 나를 찾지 않으리란 걸 안다. 설령 찾는다 해도 응답할 의무가 없으므로 무시해버리면 된다는 이 놀랍고도 편안한 사실. 시간은 확인할 필요가 없고 시계는 아주 가끔 그동안의 습관으로 재미삼아 볼 뿐이다. 한 시간을 누워 있어도, 두 시간, 세 시간, 다섯 시간을 누워 있어도 달라지는 것은 아무것도 없다. 시간은 더 이상 존재하지 않는다. 나는 이렇게 잠들고 이렇게 잠에서 깨어난다.

이른 아침, 창문을 통해 태양이 부드럽게 밀려든다. 우유 배달 소년의 목소리, 앞집에서 비 쓰는 소리, 제사 때 쓰이는 작은 종소리, 먼뜨라mantra, 주문呪文 읊는 소리, 인근 학교에서 꼬마 아이들이 떠드는 소리… 하루의 시간을 구분할 수 있게 해주는 소리들이 지나간다. 헬리콥터 소리, 동네의 모든 현관문을 두들기는 잡상인 소리, 성난 개들의 싸움 소리, 검은 매연을 몰고 다니는 오토 릭샤의 엔진 소리도 가끔씩 들려온다. 천정에 달린 선풍기는 지속적으로 돌아가며 주변의 돌발적인 소리를 자신의 소리에 흡수하여 완화시킨다.

나는 손가락과 발가락을 움직여본다. 손으로 이마를 훑고 머리칼을 쓸어본다. 카메라를 돌리듯 눈동자를 옆으로 찬찬히 돌려본다. 방 안의 사물들이 파노라마가 된다. 나는 두 다리를 끌어당긴다. 깊이 숨을 쉰다. 선풍기 바람에 머리칼이 날린다. 편하다. 아무것도 없다. 서쪽 창문에서 파스텔 빛이 서서히 스며들다 곧 저물고 방 안은 어둑해진다. 세상은 밖에 있다.

나는 겨울잠을 위해 동굴로 들어왔다. 뱃속 깊이 편안하다. 동굴에는 사람들도, 일도, 신도, 아무것도 없다. 나에게는 그저 숨이 붙어 있고, 눈이 껌뻑거리고, 이따금씩 팔과 다리가 움직이고, 머리의 위치가 바뀌고, 비가 올 뿐이다. 단절. 밖의 변화를 보고 듣지만 나에게는 아무 일도 일어나지 않는다. 내 얼굴에는 일부러 짓는 미소가 없다. 예전에 누군가가 해온 물음이 떠오른다.

"여러분에겐 그 누구도 침범하지 못하는 영역이 있습니까? 이 세상의 그 누구도, 어머니도, 친구도, 애인도, 심지어 신마저도 침범할 수 없는 나 자신만의 성역聖域 말입니다."

그렇다. 나는 다시 잠이 든다.

나는 오롯이 홀로 있다.

나는 잠을 사랑한다. 잠은 산 자만이 느낄 수 있는 행복이다. 나는 다른 일을 줄여서라도 잠을 청한다. 잠은 다른 일을 위해 쉬어가는 과정이 아니다. 잠은 그 자체로 하나의 중요한 일이다. 잠은 기쁘고 신성한 나만의 의식儀式이다. 잠은 치유이다. 고통이 나를 찾아오면 곧이어 친절한 잠이 나를 찾아온다. 은하수가 나를 향해 쏟아지듯 잠이 쏟아지고, 나는 검은 우주의 그물 침대에 누워 시간을 보내다 다시 깨어난다. 의식이 두려워하고 어려워하는 것을 무의식이 치유한다. 나는 계속해서 잠을 잔다. 잠은 나의 놀이터이다. 햇볕에 잘 말려진 포근한 이불과 사랑스런 까만 눈의 곰돌이. 잠은 진정한 검정玄이다. 나는 광활한 검은 바다와 검은 우주로 들어간다. 난 내 나라에 산다.

난 내 나라에 산다

난 내 나라에 산다
내 나라에선
내가 여왕이고
내가 시인이며
홀로 선 이다
하얀 침대에서
하얀 이불을 덮고
하얀 무대
춤을 춘다
수없이 꺾어진
인도 고전의 리듬
울음도 꺾어지는
춤추다 잠드는
시 속 한 자락

난 내 나라에 산다

사진 | 묘 성 | 앞표지, 9, 12, 20, 26, 74, 92, 111, 112, 131, 195, 196, 293
김용호 | 191, 282
남영호 | 121
Dillip K. Dhirsamant | 58, 66, 67, 68, 69, 125, 127(상단), 129, 142, 143, 144, 147 150, 153, 155, 179, 182, 200, 237, 262, 273, 276, 294, 295
Arabinda Mahapatra | 62, 63
Karthik Venkatraman | 127(하단)

달·비·잠

초판 1쇄 인쇄 2012년 5월 15일
초판 1쇄 발행 2012년 5월 22일

지은이 금빛나
펴낸이 정해종
펴낸곳 도서출판 블루닷

주 소 서울시 마포구 마포동 324-3 경인빌딩 3층
전 화 02-3143-7995
팩 스 02-3143-7996
등 록 2003년 9월 30일 제313-2003-00324호
이메일 touchafrica@naver.com

ISBN 978-89-93255-95-9 03810
정 가 12,500원

이 책의 집필은 한국문화예술위원회 Arts Council Korea 의 2011~2012 '차세대예술인력지원' 부문의
문예진흥기금을 보조받아 진행되었습니다.